單讀 One-way Street

次要人物

黎幺 著

上海文艺出版社

目录

001 / 我认出了虚无的面孔（代序）

011 / 父亲或奥德赛

059 / 园丁

077 / 女儿或安提戈涅的童年

089 / 天问

123 / 妻子或无名的海伦

153 / 主角与配角之辩——一则存在主义的戏剧评论

205 / 流沙陵园

我认出了虚无的面孔（代序）

《次要人物》是本小说集，但和常见的那种"小说合集"有些区别；这本集子中的各个篇章都是在统一的写作计划下，围绕着一个固定的主题摸索、迂回、刺探的成果。这个主题在不同的镜面中映现出不同的镜像，并且利用变幻的光影指出了一些虚虚实实的路径。作者在创作时所追逐的也总是一些隐隐约约、闪烁不定的印象，所以，在这本小说集里很可能不均匀、不规则地散置着一些事件的残影和象征的碎片。

在此，我想先对各位读者提出一个建议，也可以说是一个不情之请：对于本书，您可以有两种读法，第一种是摘取各篇故事中那些游离于主体叙事之外的玄想及暗示，设法发现它们之间的对应和关联，并以此将它们缀接起来；第二种则是特别将这些故事作为一个整体来看待，将每一个篇目视为一块拼图，在摸清它们的轮廓之后，逐个摆在相应的位置上，拼出一个整全的图景。以这两种方式，都可以让前文提到的那个"主题"在您的眼前呈现出来，前者更为重视那些神秘奇妙但又微不足道的瞬间，赋予作者自己也不能完全把握的琐碎以最大的价值，后者则是尽可能贴近和复原作者的主要意图；前者更近于诗的阅读，后者更近于类型文学的阅读。无论哪一种，都需要认可这本书的完整性，都需要明确，它的整体意义大于其中所有个体意义的总和。

这并不是说，我要求您给予这本书特别严肃的对待，其实，我宁愿您能从中得到些消遣。阅读从根本上来说，是一个游戏。一本书只是一个非常小的游戏单元，一个轻而易举的微型关卡，仅仅是为阅读人生而设计的一种训练。

是的，这是一个游戏，但不是一个智力游戏。我知道并且理解，我们的阅读习惯常常不自觉地迫使我们在书里寻求"答案"；不过就这本书而言，出题的人更希望您去经验它，而不是破解它。所以，为了避免您去概括、去提炼——这实在是个可怕的动词——我想，我还是先谈一谈这本书的创作动机吧。如果小说集《次要人物》非得被视为一个谜语，那我宁可一早便揭示它的谜底，最好赶在谜面出现之前。

这是一本旨在探讨"日常"的书。

作为主题的基础,"日常"是最早、最明晰地显露在镜中的词语。我相信,对于任何一种类型的艺术创作者来说,这都是与其纠缠最深、最紧的一个词语。长久以来,它的形象都是负面的,它常常被刻画为与缪斯为敌的一个黏稠的灰影、一个吞噬意义的妖魔;它是消极的,然而又是避无可避的;对于它,最关键的也最可怕的定义是:它是被误解为真相的虚假,是被误解为幸福的悲剧,是一场漫无涯际的死刑。有时,这个定义也会被颠倒过来,即将"日常"看作被贬低的真相、幸福和生命,但如此一来,可能更加糟糕——无意义就此被认定为至高的意义,活着只是等待终结的过程,不再有积极行事的必要。

我深知,文学是无法处理日常的,或者说,日常是无法被"精确描述"的。因为语言,我们的自我呈现为一部形而上的机器,对于绝对的形而下总是无能为力。但与此同时,日常在语言当中所制造的巨大的混沌场域却又极具吸引力。事实上,"混沌"本就是"日常"的一个象征性的说法。作为一个写作者,我将一切创世神话都视为关于写作的隐喻,照我的理解,"倏忽"用以凿穿"混沌"的是笔,印度神话里,天神们用来搅动乳海[1]的曼荼罗山，也是笔。[2] 对于写作者而言，创造力的关键，便在于要将笔尖探入我们意识深处那片晦暗不明的、未定型的、始终在变化与生成的质料当中。有时，我需要在脑海中搜寻一棵梧桐树的阴影，搜寻随风轻摆的树叶间漏下的那些眨动的光斑。但只有通过联想，将之视为一片摇曳的灰色火焰，或是被钉在地上的一小片夜晚，从而为"混沌"引入神秘、引入创造性，才能让这个意象进一步流动下去，并经由指尖涌现出来。

所以，这本书中的日常，是一个通过联想，被分化与变形的日常，我希望，这些"分化"与"变形"能够无损于日常的完整和尊严。而这，正是想象的任务，想象凭借它的晶体特性，将日常反射在不同的棱面上，将其拆析成为许多个——甚至是无限个——易于把握、易于用语言充实的词汇。

首先，在这些词汇之中，"命运"是最为人所津津乐道的一个。与"日常"相比，我们对于"命运"的

---

[1] 古代印度神话中，以因陀罗为首的众天神以一座名为曼荼罗的大山为杵搅动孕育天地万物的乳海，搅出了"不死甘露"和无数宝物。
[2] "倏忽"凿穿"混沌"的神话出自《庄子·应帝王》，其中"混沌"原作"浑沌"。

兴趣显然大得多；"日常"本身就在排斥兴趣，而"命运"则极具表演性。在我们的对话与书写中，"命运"始终在场。我们热衷于谈论幸与不幸，只要我们的话题稍稍宽广于当下的一次心跳或一次呼吸，我们就总是在表达一个宿命论的或反宿命论的意见。而在日常之中，并不存在任何分殊，日常取消了幸与不幸的界限。

我们宁愿以"命运"而非"日常"来定义我们的生活，因为我们希望并且相信，我们的命运至少在一定程度上是个性化的，是专属于我们的，但我们也都明白，无论机缘之手塑造出怎样奇特、怎样壮丽的命运轮廓，实际都要由毫无个性可言的日常填实装满。这本书中，有些篇目致力于表现埋在日常之下的命运暗流，有些则相反，意在以日常的滞重抹平命运的跌宕。两者并无区别，都是为了表明生活的两面性或多重性。

其次，作为"日常"的主要舞台，"家庭"以固定的棋盘式布局，给了"日常"一个可见的框架，并且让它看似处在某种秩序之下。我在这里使用了"看似"这个词，自然是因为在我看来，家庭的秩序实际是个假象，或至少也是十分脆弱的。在人与人的关系中，对秩序的强调常常是为了掩饰权力和抑制暴力，作为社会同心圆结构的最内一环，在家庭环境中也是如此，而且尤其如此。事实上，所谓的家庭秩序只是对宫廷或政权的拙劣模仿，多数情况下，家庭内部信奉的是绝对的丛林法则，以力量的优劣、财富的多寡或年纪与地位来分配权力。家庭实际并没有可靠的秩序，它只是利用了日常的有序性——或者说，惰性——将之伪装成秩序。本书中的一些故事意图揭示这一点。

其实，我不愿否定家庭的价值，尤其不愿否定充斥在家庭空间中的情感和义务。在这一空间中滋生的激情似乎总是破坏性的，但它也能产出柔情，这种水样的情感具有治愈的效果，甚至可能指向遥不可及的拯救。

家庭的真正问题在于，它的构造表面上是单一的、稳定的，实际却是若干个交叠的星系。每个成员都以自己作为唯一的中心或唯一的恒星来排布他的家庭格局，但也因此牺牲了完整性，将自我掩埋在儿子、丈夫和父亲的身份当中，以至于不可能不埋下重重危机。

另外，这本小说集里有部分篇目涉及了"神圣"的存在，还有一篇小说以"戏剧"或"戏剧性"作为描写对象。"神圣"和"戏剧性"在本书中都是作为与"日常"相对的概念而出现的，但它们并不仅仅起到参照的作用。我在《次要人物》中采取的主要写作方法就是让相反之物彼此介入，彼此覆盖，彼此吞吐。所以，在这些故事里，神龛和戏台都被日常的洪流淹没了。正是在这样的操作中，才能够凸显"日常"在后现代中的至尊地位，它不用亵渎也不用解构，只需要涌入就够了——它通过充满一切来掏空一切。从这个角度来讲，日常才是不折不扣的奇迹。

在《次要人物》中有一些直接或间接的美学讨论，没有什么特别的理由，只因我觉得，对于创作者来说，常常思考美是十分必要的。我在理论上没有野心，从没想过去定义"朦胧的七种类型"[1]；这本书也还远远称不上一本"美"的书，不过，它倒是很愿意成为一本"美"的书。我始终乐于让我的写作遵从美的要求，只因我常常看到，当贫乏被等同于单纯，当粗陋被等同于朴素的时候，邪恶便要开始自称正义了——我相信，美的背后暗藏重要的伦理。

以上所提到的"日常""命运""家庭""神圣""戏剧性"，以及书名"次要人物"都与这本书的主

---

[1] 《朦胧的七种类型》是一部重要的美学著作，作者为燕卜荪勋爵。本书收录的七篇小说虽然与之无关，但在"七"这个数字的选用上，确有着与之类似的美学动机。"七"代表七色光谱，也代表七个音符，而光与音乐中正蕴含着生命力与创造力的秘密。

题有关，也可以说，都是这个主题的一部分，但把它们全部相加仍不足以表明这个主题。如果非要我进一步解释，那我只能说，这本书的主题就是这本书本身——从第一个字到最后一个字为止。所以，这篇序言存在的目的只为恳请您读完小说集《次要人物》——哪一本书的序言不是负有同样的使命呢？

最后，我想借此机会回答一位朋友许久之前问我的问题——在遇到突如其来的提问时，我总是无法及时给出像样的答案，可能正因如此，我才不得不写作。

你问我："写作让你成了一个虚无主义者吗？"

我现在回答你。

不，我不是虚无主义者。

我曾以为写作能帮我抵达彼岸，但它仅仅只是让我能眺望彼岸而已。如今，当我站在这条薄纸叠成的轻舟上向彼岸眺望，我认出了虚无的面孔。

但是，不，我不是虚无主义者。我决心面对虚无，但永远不打算拥抱它。

是为序。

黎幺

2022年8月

父亲或奥德赛

1

一九四九年出生的父亲,咀嚼食物时像一匹马。这是我们的共识。我们——我、哥哥、母亲——都没见过咀嚼食物的马,其实,在某种程度上,我们也都不太认识这个男人。他的话本来就少,而且从来只谈眼前的事。我们像是凑巧被安排在同一节火车车厢里,刨除这段朝夕相处的行程,我们对父亲的其余生涯一无所知,而且,我们并不好奇——关于这一点,倒真是值得好奇的。

父亲像马一样咀嚼食物,下颌以夸张的幅度左右摆动,发出碾磨臼齿的怪声,仿佛有人在他嘴里锯木头。有时,我们会拿这个取笑他。他呢,就会故意苦着脸,像哄鸟儿一样,跺一下脚,努着嘴,"咴"地叫一声,假装吓唬我们。我们当然并不怕他。他也并不真的介意，转过头来，就若无其事地继续往嘴里扒拉那些非但并不可口、往往还难以下咽的东西。他吃得很多，很少有事情能败坏他的胃口。

关于父亲在餐桌上的表现，母亲比我们更有发言权，对我来说，她的话多少有些神秘："你爸挨过饿。"

小时候，我和哥哥都有些营养不良，一来因为穷，二来则是因为我们的父母在烹饪方面缺乏训练，很可能也缺乏兴致。他们买来大量的廉价食物，储存在橱柜和地窖里，却不能也不肯将它们弄得有滋有味。

我不知道这算不算一种战术：充足但劣质的食物，每日三次对我们的胃口发动攻击，让我们疲于应付，没有余暇去扩张自己的欲望。他们用行动申明一个原则：在这个家庭当中，食物是用来充饥的，绝不会提供任何附加形式的满足，更不会升级为一种享受。

也许就因为这个，我对"粮食"这个词格外敏感，总觉得有某种黑暗的、可怕的东西会从那堆细碎的笔画里面蹦出来——即使在宴席之上，即使在纵情恣欲的饕餮时光，口腹之中依旧饱含绝望。到了后来，这种难言的焦虑与有关父亲挨饿的想象被揉在了一起，每当从电视里或者大人们嘴里听到这两个噙满汁液的读音，我都会经受一阵既痛苦又甜蜜的刺激。

有一天晚上，母亲起夜的时候，去我和哥哥的卧室看了一眼，发现我没在床上。据她说，后来，她在厨房的木门背后找到了我，我圆瞪双眼，嘴唇和两腮沾满雪白的粉末，模样十分吓人。而我，只记得面粉入口的瞬间几乎让人窒息的充实感。唾液分泌急剧增加，潮水般地从舌根涌上来，我一边吞咽口水，一边感受在两颊之间流溢的、未经烟火驯化的纯粹麦香。一阵幸福的恐慌扼住了我的喉咙，让我差一点痛哭失声。

一般来说，一种病态行为越是荒谬，它的内在动机就越是顽固，越难克服。家里给橱柜上了锁，我就开始寻找替代物。后来，最让我垂涎的东西换成了新拆封的肥皂。每一回，我都要先把弄一阵，尽情享用滑腻的脂膏质地带来的快感，再用指甲抠一小块下来，捻搓成一颗柔软的、油乎乎的小球，最后才会放进嘴里。一种美妙的餍足感贯穿了整个过程，除了最后一步：肥皂的味道并不好。

我不知道自己是怎样改掉这个毛病的，只记得因幻想而生的羞耻和忧虑：我想象自己死于慢性中毒，正躺在解剖台上，一把雪亮的手术刀灵巧地划开了我的肚皮。盘曲的肠子暴露在众目睽睽之下，里面塞满了性状变得难以描述的化学品，就像搁在脸盆里的螃蟹，时不时地往外冒泡。

成年之后，或者说，在被卷进年龄的旋涡之后，我才明白，自己那时是在为父亲伸张某些从未得以伸张的怨诉。直到最近，我才懂得，后辈的成长总是包裹着先人的匮乏，那些没能说出的、没能实现的，那些硬生生地被憋进灵魂里的东西会代代传承。

2

父亲在炼钢厂的副业队上班，和另外几个像他一样寡言少语的人一起打理厂里的十亩沙壤地；地里种的是冬麦和啤酒花，产量非常惨淡。另外，父亲本人还负责喂养一头病恹恹的奶牛。由于母亲是一线工人，是在一千五百度的铁水上漂流的女英雄——在我看来，她的工作近乎特技——在不去学校的日子，我便由父亲照顾。多数时间，他都让我和奶牛待在一起。我觉得自己像个保姆，它大概也有同感。

副业队的办公驻地是一个小院子，院里有一个压取式水井和两间平房，其中一间房归父亲使用。他总是跷着二郎腿，坐在一把破破烂烂的旧折叠椅上抽烟，夏天的时候，他还会在水泥地上摆一个盛满凉水的搪瓷脸盆，里面泡着一条白毛巾。

因为没有地方搭简易牛棚，奶牛只能拴在院里的松木电线杆上，我就蹲在一旁玩抓石子、扇洋火皮，或者什么也不做，只是和那头神情悲伤的动物对视。坚持不了一会儿，我就受不了了，只能把眼睛挪开。喝过毒药的苏格拉底一定也有着同样的目光。

只要转个身，我就会看见坐在门内的父亲。在我的记忆中，他的这副形象有某种经典性，仿佛被裱在一个古旧的木相框里。房门，小院像两个小小的几何模型，漂浮在宇宙的浩瀚中。套盒里的我们无声地比画着难以理解的手势。远处有狗在叫，更远处有火车隆隆驶过，朦朦胧胧、反反复复，除了一个水汽氤氲的梦境，它几乎不可能驶进别处。父亲时不时地踩熄烟头，弓下腰捞起毛巾拧干，慢吞吞地擦脸、脖子、腋窝、脊背，然后随手给毛巾过一下水，再拧干，站起身走到院里来给我擦汗。

当他把这块死鱼般的、臭烘烘的东西捂在我脸上的时候，我会拼命屏住呼吸，一旦松气，就会听见自己急促的鼻息像拉风箱似的把脑袋吹得呼呼直响。那是我们这样的生命所能制造的最大动静。

父亲不属于在编的正式职工，厂里甚至没有给他配发工作服。他是工人中的农民，农民中的工人，从头到脚都体现出这种阶级的模糊性。一双脏得发黑的白球鞋，一件皱巴巴的、说不出颜色的旧西装，下身有时穿着沾了几块油污的灰色牛仔裤，有时穿着用母亲的旧工装裤改成的肥大的蓝裤子，但总是不合身的，而且总是和上衣不相配的。

人的仪表并不取决于技术，而是取决于态度。说到底，衣物就是个牢笼，是最小最贴身的环境，人以之为手段，处置的不仅仅是自己，更是自己与世界的关系：需要选择的不是美与丑，而是开与闭，是防守与出击。以此为界，把自己封存在一个得到普遍认定的身份里，常常是一个现实的需要。

有一个时期，父亲的穿着是十分讲究的。他有一套面料很好的黑色西服，一定要熨过才会穿。穿上它，他会不自觉地挺直身子，在站定的时候，也不像后来那样将双手在身前攥在一起，而是习惯用一只手叉着腰，让敞开的衣摆像船帆一样高高扬起。他有几个常来常往的朋友，都是他的老乡。他们总在外面碰头，也常来家里做客。这帮人言辞粗鄙，但不期而遇的时候，也会像电视上的外交官一样彬彬有礼地握手交谈。母亲当然很讨厌他们，因为他们太过肆无忌惮，每次都把家里弄得一片狼藉，她还得给他们端茶送水。我喜欢在一旁听他们讲话，他们说的方言，我只能听懂一半，就觉得有种狎昵的热乎劲儿，又好笑，又迷人。

3

母亲来自陕南，父亲来自苏北，他们像两朵身不由己的浮云，被西风与不尽如人意的机缘撮合在一起，在干旱的边疆地区下了两颗斗大的雨点——我跟哥哥从落地之初就饥渴难耐。小的时候，两种口音和两块故乡的版图曾短暂争夺过我的舌头。

父亲很快败北，早早撤出了阵地，不是因为母亲的强势或我的偏颇，仅仅是由于语言的媚骨。所有在岔路口徘徊的声与韵，最终都向着更多的耳朵奔涌而去。我无法学习一门只能与一个对象交谈的方言，即使它意味着我的一半来源。后来，我才意识到这是一种背叛。

母亲是随着外公外婆以及五位和她年纪悬殊的兄长一起西迁的。这片种不出稻谷的沙窝里盛产孩子和水果。我的母系家族用二三十年开枝散叶，添了数十名年轻成员，靠着生育本能创建了一个面黄肌瘦的望族，一个从行李箱里长出来的小社会。表哥表姐们构成了我生活的底层，作为一个背景性的人潮，虽然规模很小，但足以淹没我；另外一半世界无论多么宏大，也只能隔着他们，浮光掠影地从外围奔流而过。

单凭亲族关系不可能筑起这道看不见的堤坝——血缘的作用总被高估，始终和我们若即若离的父亲就很能说明问题。可以肯定，是方言将我的生命一分为二——它是一种秘密契约，比风俗更为深刻，也更为隐晦。我从来都不知道契约的内容是什么，自然无法更改，也无法违背。我只能猜测，它的条款关乎我之为"我"。但可能，这只是我的臆想。说到底，契约未必非得落在条款上，条款是文字的产物。方言虽未抛弃文字，却一直在调戏文字，在方言面前，读音偏移了，文字失真了，意义不是鸠占鹊巢，就是流离失所。

我不敢设想，我的某个亲戚和某个同学正好相识，而他们此刻又并肩坐在我面前。这种可能性对我是个巨大的威胁。方言和普通话的撕扯，会叫我失去口才、幽默感，以及与人亲密的能力。这两种语言环境是无法融合的。在同学面前，我和亲戚用方言交谈，只会显得笨拙、滑稽；在亲戚面前，我和同学用普通话交谈，就连最私人的对话，也会充溢着矫饰的官方气息。更有甚者，他们会发现我的致命软肋：无论我说什么，总是说得不地道、不彻底、不伦不类。

前些年，我回家探亲，一位长我二十岁的表兄称赞了我的"不忘本"，他说我"在外面这么些年，都没忘了家乡话"。可他倒忘了，此刻，我们谈论的家乡是一个"二手家乡"。尽管在这里，我们窝在由几十根舌头驱动的一小片语言飞地上，以主人自居，但我们的"家乡话"其实只是一个漂泊了几千公里的旅人，甚至只是一个流浪汉。它只适合叙旧，只适合用来召唤往日的幽灵。在异乡的故乡——多么拗口啊，这个小人物与大时代的悖论——方言与人情保护了我们，但也阻断了"现时"的到来，让一切正在发生的、一切有待分说的，都只能悲剧性地滑向沉默。

我们在方言中越亲近，便是在普通话中越疏远，我们没有真正交谈。

对我来说，方言把我的家庭变成了一个实验室环境，一个真空。我们一本正经地说着的，很有可能是，甚至必定是一个变种方言。它的似是而非，让我们显得面目可疑，来路不明；让我们磕磕绊绊，几乎患上了口疾；让我们在几十年如一日的拉家常中，对语言丧失了一切热情与信心，只能营造一种莫名其妙的欢快气氛，以求彼此敷衍。被这条畸形根牵连着，某些时刻，一切成长都会失效，果实重新变得青涩，花朵又被收回花苞——只要一说"家乡话"，我就又成了一个孩子，又成了那个最小的弟弟。

父亲在本地没有家人，即使在哥哥和我相继出生之后，似乎也是如此。在我们中间，他的话越来越少。也许是因为，他的骄傲或他的矜持不允许他在我们面前扮演外来者和流亡者的角色；也许是因为，他凭经验预计，一种异样的口音若是不能被人习惯，就只会招来嘲笑。

孑然一身的父亲对他的几乎走投无路的乡音，怀有一种复杂的情愫。一方面，他不说话，仿佛想将它永远留在嘴里，另一方面，他总把自己灌得醉醺醺的，仿佛想用酒将它彻底清洗。

众所周知，那些沉默寡言的人，一旦爱上喝酒，就会爱到迷信的程度，他们渴望失控，想以此释放被压抑的语言。正是在"被压抑"这一点上，"家乡话"

和"心里话"取得了痛苦的一致性。而从痛苦（ku）到痛快（Kuai），所差的只是"爱（ai）"，也可以说，所差的只是酒。酒和爱都使人忘形。这种状态颇具辩证色彩：在丧失自我和寻回自我之间，在胡言乱语和真诚坦率之间，有一种悖论式的、玄而又玄的对等。正因如此，酒天然地具有政治性，能使人树敌，当然，也能助人交友，有时还能制造亦敌亦友的微妙张力。甚至可以说，酒或许是最重要的哲学课题，可惜没有人能清醒地投入这项研究。

父亲在酒桌上结识了他的几个老乡。这说明命运从不排斥象征和隐喻。酒是洪水，舌头就是方舟，推杯换盏之后的闲谈时间，第一个句子就像衔着橄榄枝的鸽子，在桌面上空盘旋，发出一种仪式性的邀约，或是一种挑衅式的逗引。于是，舱门打开了，幸免于难的言语鱼贯而出，尽管略显犹疑，尽管被沉默围困了太久，难免腿脚酸软、磕磕绊绊，尽管难免词不达意，但仍旧笨拙地在昏黄的灯光下欢舞，和呛人的烟雾一起升腾弥漫，充溢了整间屋子。

在那一两个年头里，这一幕不断重复上演，而父亲在之前从来没有，在之后也再没有如此健谈过。

4

对于家庭的历史,我只有印象,没有知识;换句话说,作为亲历者,我有感受,却缺乏思考。我并不了解真正发生了什么。有一天,父亲离开了。我和哥哥还照常生活,我们以为母亲与我们一样,并没有受到太大的困扰。但如果我们思考,就不会这样以为。

父亲走的时候是夏天,几个月之后,一个秋日的下午,我们在漆黑的地窖里发现了蘑菇。那是一个神话中的情节,有关穷人的冒险,有关平凡的幸福,有关上天的恩赐。这说明,除了土豆、白菜、潮湿的泥土和永恒的夜晚,飘散着霉腐气味的地下世界还有其他不为人知的内涵,甚至可能暗藏着救赎的道路。为了稍稍撼动我们单调且顽固的饮食结构,一位天使纡尊降贵,在宇宙中最乏善可陈的洞穴里,在蚯蚓和蝼蛄的见证下,施行了奇迹。只要父亲还在,这种事就不会发生,这是只能给予妇孺的优待。

哥哥伸手一指,说:"咦。"我顺着看过去,在黑暗的角落里,凭空冒出一堆云朵般层层堆积的扇形物,有一种浮雕般的,一半跃入真实,一半深陷虚无的混沌感。那丰厚又脆弱的肉质,像一群孩童的面颊,像一摞睡着的星辰,被捧在我的手中,洋溢着一种极为矛盾的、既清新又腐败的气息。柔软、潮湿、滑腻,这些意味着极端赤裸的触觉符号肆无忌惮地侵入我,让我涨红了脸。对于我,它们几乎是一种禁果,是大地的性器官——在贫乏的神话中,任何一种丰满都足以充当恶魔的诱惑。

这些吗哪[1]般的巨型真菌最终在锅里酿成了一场幸灾乐祸的庆典,一次丢盔卸甲的狂欢。我是说,我们终于决定享用蘑菇的那一天,烟、火、鼓风机的轰响、木柴燃烧的噼啪声,以及那种并不十分令人愉快的香味共同构成了一个既欢快又阴郁的启示。本来在厨房帮母亲生火的我,突然被真切如未来记忆般的预感捉住,抛向门外。刚跑出家门,我就被父亲吓得不轻。他回家了,但却是以一个闯入者,或至少是以一个潜入者的方式回来的。被我发现之后,他盯着我,朝我走过来,刻意表现出不同寻常的、近乎谄媚的和颜悦色,但在我看来却充满威胁的意味。

母亲赶来,把我挡在了身后。她面对父亲,就像暮归的猎人面对梦游的老虎,我在她的眼中看到了迷

---

[1] 在《圣经》神话中出现的一种神赐的食物。

惑、愤恨、怜悯，还有一种充满惊奇的陌生感。她并未为难父亲，他们的争吵甚至近乎调情。但我明白，熄灭了怒火的并不是宽容之心和思念之情，可能仅仅是时间的定律使然。不，时间并不会给既成的事实涂脂抹粉，只是人无法长久地确信，原本笃定的行动到了终于应验的一刻会显得格外荒谬。

也可能，原谅本身就是报复。她以超乎想象的冷酷饶恕了他，她甚至制止他的道歉，就好像他必须长久地彷徨于他的过错中，就好像他必须扮演一只惊弓之鸟，必须在风声中自行虚构一支不知从何时何地射来的羽箭。

女人有时会真心地将男人的背叛看作举手投降。她甚至可能会心怀感激，就像一个百无聊赖的马夫看到善解人意的马儿故意犯倔，好给他机会取出雪藏已久的皮鞭一样。这一幕凝聚了家庭政治的全部悲剧内涵，想到这里，我不寒而栗。

那天傍晚，我们一家四口人整整齐齐地坐在桌边，默不作声地吃掉了那盘炒蘑菇。那是我从未有也再未能领略的鲜美，这种绝妙的滋味因为一个绝望的念头而被我永远铭记：我当时想，如此珍馐，实在难得，即使有致命的剧毒，我也要把它咽进肚子里。

后来我知道，父亲和他的老乡收了一车皮哈密瓜，打算运去上海的水果市场卖掉。出发的时候，他带走了家里的大半积蓄，回家时，却已几乎身无分文。

他们的远征从一开始便狼狈至极。在市井江湖中浮沉，需要老鼠般的坚强和隐忍，而且更要紧的是，需要一种对尊严的全然不同的理解。"盗亦有道"的传说给最卑鄙的骗子和最凶狠的盗贼镀上了不亚于英雄的光辉。他们刚刚从老弱妇孺手中夺走性命攸关的口粮，却因为给一条断腿的野狗抛了块骨头，就得到别人的赞赏甚至敬仰。这对于迷信勤劳、迷信善恶有报的老实人来讲——虽说"老实"常常是"无能"的托词，但无能未尝不是一种被贬低的道德——是极其神秘的，是无论如何也摸不着门径的。

有些事父亲没有告诉过我，甚至可能没有告诉过任何人，但在我翻来覆去的想象中，变得越来越具体，具体得几乎可被视为真实。比如，他对大城市的那种盲人摸象式的认知；比如，那些半自治状态的水果批发市场，那些像云朵一样三三两两散落在空地上的摊位，那些腐烂的水果堆成的高山，那些逐臭的苍蝇结成的飞毯；比如以口音为凭、组织起来的同乡摊贩的部落和帮派；比如被一道门或一条街隔绝于都市的买卖丛林；比如命运究竟给了他多少暗示，而他又是如何将之统统忽视的——照这么说，他的失败竟是一种反抗？

父亲和他的老乡们不再常来常往，有时在街上遇到，他们会谨慎地招呼对方，或许还会浅尝辄止地嘘寒问暖，但拒绝表露实质的关心，拒绝口头交换各自的人生。这是一个常识：男人从友情凋落的那一刻起开始老去。在几乎无限广大的家庭围栏以外，朋友是一种有限度的、低风险的释放，意味着远方，意味着生活在一道缝隙里却仍然保有对辽阔的想象。

父亲更沉默了，并且，这沉默不再瓷实，不再包含任何谴责，不再释放任何压力，不再令人恼火，不再逼人退让，像是一场从喉咙到额头的漫天大雪，染白了鬓角，在脸上渐渐堆积出可悲的慈祥。

整个过程就在我身边发生，但不能算是我亲眼所见。大概由于坟墓和摇篮的同构性，作为儿子，作为父亲的反义词和对跖点，我既经历了又错过了他的衰老，正如他既经历了又错过了我的成长。有一天，当我们发现我俩之间这种此消彼长的魔咒，难免都得大吃一惊吧。

5

之后的许多年，父亲似乎由存在的中心一路后退，退居至一面镜子里。直到那个夏天，他送我去遥远的都市读大学。

在拥挤的火车硬座车厢里，他除了像马一样咀嚼食物，也像羊一样卧在地上，和衣而眠。作为一个敏感的、刚刚萌生身份意识的男孩，我自然被深深地激怒了，但又有某些东西在阻挠我，让我发不出火来。那大概是少许羞耻、少许委屈、一种少年人的玩世不恭，再加上一些阴暗的小算盘，化解了我的戾气，将我泡在我的懦弱里，让我只能有气无力地小声嘀咕，不是拐弯抹角地讥讽，就是自怨自艾。

我头一回发现，我对父亲一无所知，他的身上有我难以理解的贫贱与卑微。

我不知道那列火车究竟装了多少人，只觉得仿佛整个人间在一刹那骤然坍缩为几个勾连在一起的方块。由于所有在场者都要首先满足"运输"的需要，人在生活中形成的自我认知被搁置了，取而代之的是货物在仓库中的自我认知，有时甚至是粪便在肠道中的自我认知。我知道这听上去很荒谬：当人的密度达到最大值的时候，空间便会将人彻底遗忘……密不透风却空空荡荡，被迫紧紧贴在一起的只有肉体的……深渊性。这种深渊性在纯粹生理层面的表现，就是饥饿。父亲不停地吃东西。乘客们似乎都在不停地吃东西。出于自尊或是叛逆——这两者有时很难分清——我坚持反抗，反抗的方式是拒绝，拒绝的方式是沉默。

一连三天，我几乎没有说话，只以眼神、表情和动作躲闪、阻挡和推却父亲递来的食物。而食物，是他唯一的财富、唯一的寄托、唯一的信念。他想毫无保留地将之奉献给我，尽管与食物最为匹配的动词不是奉献，是施舍，因此，他的表达与我的领会总是南辕北辙。看他高举着用塑料叉子别住碗口的桶装方便面，一路赔着笑，笨拙地穿越脂肪的山岭和筋肉的丛林，狼狈地泅渡几百种臭气汇聚的海洋，我恨不得立刻死去。

父亲为了劣质的食物跋山涉水，花费了与之极不相称的力气，仿佛受那些并不美妙的气味刺激而分泌的口水，那种马一样的咀嚼声，以及食物通过食道的充实感和摄入感就是他追求和憧憬的一切，也是我应该追求和憧憬的一切；仿佛在饥饿之外没有其他不幸。

他对存活的执着，已经超过存活本身，达到了象征的层面：进食的动作只是一个符号，其意义含混而神秘，通过表征一个遥远的危机，将匮乏投射在过去的记忆与未来的预期，从而剥离了当下一切现实的动机。饥饿失去了实指，便永远不会结束，所有的食物都被投进那个深不可测的胃袋，都被拿来喂养那唯一真正的饕餮者——死亡。这是简化，是异化，是因果倒置或因果同一，在逻辑上十分反常，但事实上，却已成为一种超越逻辑的规律。我对父亲的不满与嫌弃主要在于这一规律赋予他异乎寻常的适应能力，而人理应是一种娇弱的生物。在鄙夷之外，对此，我还有一些畏惧：这种具有排他性的绝对意志，怎么可能不是出自权力甚至暴力？

没有那列火车，我无法了解我的父亲。在环境与人之间，有一种修辞关系，两者一个是本体，一个是喻体；环境包含了人，也全然被包含在人的内部。在我眼中，那辆不可思议的交通工具是反乌托邦小说里的人类动物园，是蒸汽朋克电影里的机器畜栏，是一座蛇形的美术馆，是一本用一行字——长如山河的一行字——写就的博物学与人类学著作。置身于这样一个展览场所，这样一个奇观车间，心底只可能产生对人的憎恨与厌恶,这两种灰暗的情感极易使自恋的人沉迷。好在当时我即已知道,清高是一种极端虚伪的灵魂洁癖。所以,在那些特别疲倦或特别出离的时刻,在那些反省的时刻,我会对着父亲打破沉默,而无论我说的是什么,哪怕仅仅是一句废话、一个虚词,也将会成为一次告解、一次忏悔。

"吃吧。"他终于挤过人群,把面搁在桌上,抹了抹汗水,脸上还挂着那种讨好的笑容,对我说道。

"嗯。"我回答,接着便伏在碗上吃了起来,再也没有抬头。我知道他一直在看着我,神情严肃而又悲伤。

我只能拣出这样一个毫无代表性的碎片,来代表我们的对话,代表我们的全部,代表这个半真半假的押沙龙[1]式的故事。毕竟,我们的遗忘本领高超得近乎奇迹,根本不存在什么难忘的东西。唯独那列火车是个特例,正如同父亲的饥饿,一旦取消了实体,便无所不在了。它只属于我和父亲,我们两人在上车之后便再也没有下去。

---

[1] 押沙龙的故事见于《撒母耳记》,他是以色列的大卫王的第三个儿子,发动了企图推翻父亲的叛乱,后在战斗中死去。

在一次又一次的挫败中，我度过了我的大学时代，之后便很少返回家乡。父子二人难得相聚。然而，只要我们坐在一起，那辆脏兮兮、闹哄哄的绿皮火车便会带着所有的难堪、所有的心酸、所有的温暖，以及我所有的负罪感，从亲情的迷雾中隆隆驶来。

6

在外颠簸多年，我的梦和记忆展开了一场旷日持久的棋局，记忆有时会侵入梦的领域，梦有时也会反过来蚕食记忆。我的脑海就像一只凌乱的旅行箱，每回掀开箱盖，总会有一个经过变形、改装与拼贴的家园从里面弹出来，唐突地……令人猝不及防地……有时使人惊喜，有时使人痛苦。

毕业后在上海租的第一间小屋，明明只有十平米，竟也盛得下我童年时曾坐在葡萄藤下乘凉的院子，葡萄叶像许多绿色的手掌，捧着一串串珍珠般的果实，掩住了房门，裹满了桌椅；刚与父母分床独睡的晚上，因掉落床底而头一回在下方仰望的那副床架竟伸展扩大，变成了我在杭州租住的那间阁楼的人字形屋顶，而阁楼也改头换面，摆上了我中学时用过的那张刻着许多下流字眼的课桌；我曾从大学图书馆里盗走一本金隄翻译的《尤利西斯》，那个傍晚，我揣着书，也揣着狂喜与愧疚交织的心绪，还有那种怪异的、似乎耗尽了一切欲望的空虚，一走出门，竟直接踩进亲戚家的玉米田里，衬着琥珀色的霞光，浩浩荡荡的蚊群像一朵飞速前行的乌云，翻涌着向我扑来；我曾拥有并深爱过的一只小狗，因为误吞了老鼠药而极度痛苦地死去，事隔多年，它竟然又复活了，在北京的出租屋里，从那个房东叮嘱我千万不要打开的旧衣橱中爬了出来，靠在我业已成年且正在朽坏的身体上，用生有倒刺的小舌头温柔地舔舐我的手臂。而我的父亲，时常出现在梦和记忆的边界处，带着我看不透的神情，在一旁注视着我。

过往的生命，一旦从身前来到身后，就立刻破碎。我们身体里的雕塑尚未完成，便被时间剥蚀，饱受凌迟之刑。一块大陆被拆成了无数小小的岛屿，将它们分隔开来的，是一大片幽暗的水域。

这一切不可避免地被我们顽劣而又无能的意识演绎为一场荒唐无稽的错乱，可在其中也能找到真理出没的踪迹，就好像，在布满荆棘的莽丛中偶尔也能瞥见小鹿留下的轻浅足印，我们无法辨认它们，只能凭直觉感知它们。总有少数几个瞬间,这些能给予人安慰的规律会从混乱无序之中浮现出来:向上的与向下的道路是同一条;繁复到了极处便将归于单纯;哪怕一个最小的单元,也能通过无数个层级的归并与组合,将它的面貌放大并投射在整体之上;宇宙的形态等同于一个细胞;一个人的苦难便是所有人的苦难;我们度过的每一天甚至每一个小时当中都完整地包含了我们一生的故事。若非如此,我接下来要说的便毫无意义。

父亲因为腰椎间盘突出,动过一次手术。待我赶回老家的时候,手术早已完成。他躺在病床上,姿势像一架在沼泽地坠毁的飞机。那些日子里,我们对他的过度保护与他实际遭受的病痛不成比例。或许,他突如其来地展示了他的脆弱,让我们认识到自己以往的残忍;或许,他的倒下,赋予他那种忍辱负重的姿态以决定性的内涵,将其拔高为一种严厉的、不可回避的谴责。正因如此,就连我几十年没有见过的大伯和二伯也专程从外地赶来,老哥俩在病房门口抱成一团,痛哭流涕。看得出,他们的悔恨是真实的,尽管他们从未作出说明,而且很快便会忘记。

父亲出院后不久,有人来家里探望他。那天母亲和哥哥都有事外出，留下我一个人照看他。敲门声只响了两下，动静不大，还犹犹豫豫的，好像既要给出一个求见的讯号，又希望里面的人最好别听到。我去开了门，站在门外的是一个羞涩的小个子先生，脸上挂着讳莫如深的笑容，让人摸不着头脑。他说想见父亲，可是，哪怕在被我请进来之后，也仍旧是一副随时准备逃走的样子，似乎对这次访问已经失去了兴致，而且打心眼儿里觉得自己犯了个错误——一个越来越难以挽回的错误。我也常常被迫和陌生人打交道——"被迫"的意思指的是极不情愿但无可避免——所以我能够理解他。我只是想不通，什么人会有求于父亲这样一个连自身之所求都无力响应、也无意响应的人。

来客喊了声父亲的名字，但不像是打招呼，倒像是一种试探。他说自己叫高福林，还问了一个很奇怪的问题。他问父亲：你认识我吗？

也许我的讲述太戏剧性了。请原谅。故事是一种先验的存在，它内在于我们，是我们浇铸自我的模具。或者更直接地说，它等于我们，它就是我们。我们在生活的迷宫里摸索前行，回顾过去，事件的原貌早已不复可循，这时，有人抛给我们一个线团，我们能视而不见吗？我们能傲慢地、倔强地、自毁式地拒绝这纤细的救援，昂着头钻进那纠缠难解的一团乱麻，直到落进牛头怪物的血盆大口之中吗？[1]

所以，请原谅。请原谅我们的自我记载和自我纪念，只有故事才能通往尊严，只有故事才能给我们一线生机。故事，就是我们的应许之地。

我们这位客人千里迢迢地赶来，似乎只为了跟父亲玩猜谜游戏。他抛出一连串的暗语，但通通落空了。我甚至怀疑两人后来的相认是个假象，父亲的恍然大悟，实际只是将就、敷衍和放弃。不过，无论如何，我们终于弄清了事情的来龙去脉。

高福林是父亲的同学和儿时好友，从内地来到边疆小城，是为了给他的大儿子提亲。他那位未来的亲家恰好认识父亲，听过他自报来历之后，马上告诉他，他有一位同乡，就生活在这座城市里。父亲的名字并不多见，加上年纪也符合，高福林凭此断定了父亲的身份。我猜，刚刚进门的时候，他抱着一种地质学家

---

[1] 此处引用了与克里特迷宫有关的希腊神话。传说克里特国王米诺斯在岛上修建了一座迷宫，把牛头怪弥诺陶洛斯置于迷宫中心，为其奉上童男童女。英雄忒修斯得到克里特公主阿里亚德妮的帮助，用她赠送的匕首杀死弥诺陶洛斯，又借助她的线团记录路线，成功逃脱。

或考古学家的心态，好像他走进的是一个地穴、一座坟墓。他的兴奋、惊奇和惶恐都出自一种预感：他将在这里发掘出一具孩童的遗骨，而在这副幼小的残骸之上，他将认出他自己。

父亲只在家乡上过几年小学，对于他，"同学"是一个遥远的、缥缈的词汇。事实上，他们的交情浅得如同泡影。但在这种极端的巧合之下，其轻薄反而成就了其珍贵。与其说，他们重拾了昔日的友谊，不如说，他们的友谊本就在重逢的瞬间才得以建立。我看到，喜悦的光辉从父亲的眼中涌出，洗掉了他的茫然与担忧。他满含惊讶地在自己的躯体中醒来，像一个漂泊的旅人在异乡的旅馆房间里醒来。在那样的时刻，任谁都能感知得到，在父亲的内部，在黑暗而沉寂的内脏宇宙之中，一定发生了什么隐秘的奇迹。

那一天，从中午直到晚上，他们都坐在一起。从沙发挪到饭桌，把茶盏换成酒杯。这期间，母亲给他们端上又撤下了两桌饭菜。所有人在缅怀自己的黄金时代时都一样，聊的都是些在本人看来妙不可言，在外人听来却琐碎无聊的小事。两人聊起小时候斗蟋蟀，说个儿大的不一定厉害；两人聊起某一次夹竹桃开花的时候，村头的黑狗被人打断了腿，他们都说自己知道是谁干的，可紧接着却报出了两个不同的名字；两人聊起繁殖季在池塘边满地乱爬的牛蛙，听他们描述那个场面，不仅恐怖，还莫名地有些色情。我觉得，他们一边说着一边漂远了，乘着那张小小的饭桌，漂去了某个我们永远也去不了的地方。

渐渐地……他们的对话变得模糊不清，变得残缺不全……能够被理解和记取的，只有时不时旁逸的一声叹息。

在那个人生阶段，叹息对我而言，有着毋庸置疑的魅力。当一个人在我面前叹息，我多半会对他另眼相看，甚至会爱上他。当然，细想起来，不难明白，我爱的并非眼前人。叹息不是属人的表达方式，而是神的一声长吁，在语言被粉碎的刹那，在喑哑的咽喉里，在通天塔的微缩废墟中回荡。神以一口气息的沉坠撑开了浅薄的人心，否则，在那无孔无窍的一团糟污之中，必定容不下惆怅这种辽阔的情绪。

从父亲那兴奋得隐隐泛着泪光的双眼中，我看到一个酝酿了太久却无法倾倒出来的故事。那是一个丝绸般的故事，像一条拒绝流动的河，承受着光线最为亲昵的抚摸，因为阵阵麻痒而呻吟着，却不愿抖一抖，不忍破坏那终于逼近微妙的明暗关系。我想，我是唯一的见证者。虽说我其实没太听清他说了什么，只在氤氲的香烟之中搜集到一些零碎的句子和词语，但我是他的儿子，仅仅看着他，就足以理解这几乎不可能理解的一切。父亲那时的意气风发，属于死里逃生的人，不，这么说还不准确，事实上，他仿佛在自己的葬礼上慷慨陈词。那些近乎史诗的回忆，那些激昂的、自信的、盖棺论定式的评语，我听不清更记不真，但能凭想象补齐。

我来替他讲述。

7

出生于一九四〇年代末的父亲在十二岁那年离开了他的故乡，在我的想象中，他比十二岁的我更加像我，但要比十二岁的我瘦小许多。奶奶说：家里没给你吃的粮食，你走吧。

父亲只有一件外套两条裤子，唯一一件没有补丁的的确良衬衫就穿在身上，贴着胸口的衣兜里放着奶奶塞进去的火车票。行李只用了一个瞬间就收拾完毕，他拿一条旧床单打好包袱，往肩上一搭，走到门口，歪着头，用余光瞅了瞅他的两个哥哥，他们被压在他的眼角里，显得困顿、局促、可怜兮兮。快放过他们吧。父亲走出家门，没有回头。

到村口只有几十米，但家乡的泥土是一种甜蜜的物质，和脚过分亲昵，他走了很久，也可能只是他感觉自己走了很久。天还早，斜阳挂在树梢，像一只发光的鸟巢，所有的嘈杂都还歇在窝里。过去，对他来说，世界很小，小得好比是他的第二个子宫。从村口的三棵老槐树到村后的西瓜田只需要走几分钟，池塘在村子中央，往池塘南边走，是去土地庙的，朝北边走就到山脚下了。没有一个地点或一条道路需要他辨认、需要他考虑，他的身体、他的动作都和周遭的天地保持着隐秘的同步。他对这里的每一栋房子都比对自己的内脏熟悉，他暗自掌控着秩序，让一切各归其位，"各从其类"[1]。每走几步，父亲都要回望一下来路。昨晚下过雨，他的脚踩过去，就更改了这里的地貌——一切已经是沧海桑田了。他绕过池塘，小心地避开还在泥坑里做梦的牛蛙，往左右各瞥了一眼，就算跟小庙和后山都道过了再见。走到老槐树底下，他

---

[1] "各从其类"语出《圣经·创世纪》，是一个固定的表达，经文中反复称上帝在造物时使一切"各从其类"。

蹲下来等了一会儿，直到另一边的地平线已经清晰可见，才明白自己并没有什么要等的。趁现在，快走吧。

父亲大踏步走着，心渐渐下沉，渐渐松弛下来。他这是头一回懂得，悲伤和愉快不但并不相斥，还可以是一回事，不，它们根本就是一回事。珠贝色的晨光淹没了天边的最后一颗星，他来到火车站门口。一个小贩坐在卖香烟和水煮花生的摊子后面，神色严厉地看着他，无声地谴责他掩饰不住的嘴馋与寒酸。香喷喷的蒸汽从锅里冒出来，扭动着纱一样轻薄的身体，逗引他，随后又背离他。以母性的魔力撮合的亲密关系结束了，世界从耳鬓厮磨中醒来，推开他，表露出它的敌意与嫌弃。

上火车时，父亲将车票递给守在车门一角的检票员，他本想说一句礼貌或者讨好的话："吃了没""您辛苦"，或者最简单的"您早"。但在那一刹那，他张了张嘴，只发出唔的一声，那是他在语言的深渊中下坠的风鸣。他被击败了，在他的头一次战斗中。汗珠渗出脊背与额头，泪水涌上了眼眶，但除了他自己，没有第二个人知道。之后，父亲一言不发地在火车上熬了七天，七天只吃一张用没发酵过的掺了麸皮的粗面烙成的大饼。邻座的老大爷带了一铁皮饭盒的米汤，有一回，拿饭盒的盖子舀了一盖子递给父亲。父亲望着这一汪乳白色的液体，有些不知所措。

"喝点儿吧，这么吃太干了。"老人说。

父亲低下头回了声："嗯。"

某些时刻，当你感觉自己像个小动物一样瑟缩在角落里，你可能会遇上一次抚摸。对，只是"遇上"了，不是某个人有意为之，你与某只手掌邂逅了，被蹭了一下，仅此而已。这样的时刻非常稀有，但十分必要。

离家后的第十天，父亲在一座西北的小镇下了火车。同村的一位大哥已经在站台上候着了，姑且叫他财哥吧。父亲前来投奔财哥，因为财哥这里有活儿干。"有活儿干的人都有饭吃"，不管是不是真的，反正父亲是这么认为的。

财哥赶着一辆驴拉的板车，以一路颠簸隐晦地告知父亲：从现在开始，你前进的每一寸距离都塞满了艰辛的劳作。黄土、石头、光秃秃的荆棘……乌鸦默不作声地站在电线上沉思，仿佛刚刚经历过一场音乐的劫难——乐谱上的音符纷纷逃离，只剩下这孤独的、多余的最后一个；偶尔在路边出现一两只山羊——这是一种生下来就老迈不堪的动物——呆滞而又艰难地咀嚼着红柳的枝条。所有的景象都晃晃悠悠地，伴着嘎吱嘎吱的声响划过这个十二岁男孩的身体。他有些慌张，一会儿闭上眼睛，一会儿又左顾右盼，似乎不愿摄取更不想保存这些陌生的经验，只想尽速抛除它们。在我的想象中，那有点像一张照片或一本书在拼命打磨自己，想将自己变成镜子（所有的照片都被困在图像里，所有的书页都被故事束缚着；我们需要它们一直做梦，我们不允许它们醒过来，不允许它们忘却，而它们一直在死命抵抗）。

他注意到那头驴两边的肩胛骨处被磨穿的皮肉，它似乎早已不会流血了，似乎只是披着一身旧得处处掉毛的毡子。还有它的两只前蹄，在重压下已经歪得不成样子，只能以内侧蹬地，那不可能是生物的肢体，不像是长在身上的，倒像是装在腿上的。真叫人想不通，它怎么还能继续走下去呢？不过，这些都不是它最可怕或最可怜的地方，最让人目不忍视的是它套在车里的姿态。半兽半物，半神造半人造，畸形的复合体，一件破破烂烂的、怪模怪样的，由木头、废铁、橡胶和皮肉硬凑出来的移动装置。它还记得自己本来是什么吗？

没过多久，这辆驴车就成了唯一在戈壁上行驶的车辆，道路也开始趋于破败，路面布满裂缝，还不时冒出几个坑来，但一直没有中断，仿佛以一种顽固的求生意志拒绝着尽头的出现，或许，它拒绝的仅仅是突然性，比起瞬间的终结，它宁愿选择拖延，选择漫长的衰弱，选择波澜不惊地滑进虚无。就这样，像一道逐渐变淡的笔迹，平整的灰色柏油路自然地过渡到了山地里的碎石子路。地势上升，驴车走得更慢了。零星的树木和清凉的溪流出现了，冷峻的自然仿佛一时兴起，往这个焦渴难挨的孩子嘴里塞了一颗糖果。紧接着，山上的针叶林以及大片的浓荫，如同一阵巨大而无声的波涛席卷而来，与之一同冲击他的头脑和身体的，还有某种生命的割据与悬置现象——那是只有通过象征才能被捕捉的微妙体验，只有通过荒芜中的绿荫，现实中的梦境，汪洋中的岛屿才能进入的顿悟状态。

父亲慢慢平静下来。他觉得，好像所有的毛孔都张开了，满身的汗水都被收回体内，整个人似乎都漂浮在一种不确定的、近乎悲哀的幸福之中；肩背的酸痛消失了，心跳和呼吸声变得格外清晰。他觉得自己随时可能昏倒在地，但同时又觉得异常精神。他试着抬了抬手臂，但又因为发现自己轻若无物而赶紧停下动作。他半坐半靠在板车上，像摁着一只气球一样摁着自己。

他们已经深入群山之间，进入了岩石主宰的坚硬的国度。群峰耸峙，在四面包围着他们。那种魔鬼般的咄咄逼人的挺拔，是一种充满了斗争意味的姿态——或是对天空发动进攻，或是对大地发号施令，或是颠覆或是压制，总之绝不是和平主义的，更不是平等主义的——在低海拔的地方被视为天经地义的秩序不再那么可靠，蝉鸣与蛙的鼓噪让位于沉默与风的呼啸，生命的气息被更加宏大的声音背景消解了。自然在此处只想展示它的绝对权威。人是渺小的，仅仅这样讲已经不够了，人不应该存在，这才更接近父亲的真实想法。驴车像一张发疯的木板床，载着他驶进了非现实的、非人性的场域，驶进了鬼神和精怪出没的蛮荒时代。

财哥是个寡言少语的人，父亲本以为他是一位冒险家，后来又觉得他是一位部落酋长。他不声不响地把从县城取回来的一捆信件丢在驴车经过的第一间小木屋里，然后回来赶车，继续前进。信有厚厚的一大摞，分量惊人，原本就搁在父亲旁边，他不想触碰它们，甚至有意避免看见它们。在父亲的印象中，它们是山的对应物，是亲人的思念彼此撞击后产生的隆起。这些庞大的语言冗余，既包罗万象又微不足道，像是某个毫无纪念价值的、注定会彻底消逝的瞬间的全集，没有意思也没有意义，只能从形态上被解释为某种突然爆发然后沉寂的东西——出卖体力的人、言辞贫乏的人，他们的书写欲望太旺盛了，太吓人了，也太无力了。

父亲没给奶奶写过信，他没有老家的地址，他不懂得如何利用文字在这个世界上标记出那些他再熟悉不过的事物。他们那一代人，远比我们重视文字，他们拿起笔来面对纸张的时候，是严肃的、虔诚的，从下笔的姿势到每一笔的完成都比像我这样的"文人"漂亮许多。而且，父亲还有些在我看来颇为特殊的执着，比如，他在写给我的信里坚持使用一些一辈子也没在他口头出现过的书面语；比如，他要求我在回信中对他使用敬称"您"。所以，我有理由设想，父亲也是有一支笔的，就揣在他的怀里，和一本同学（也许就是高福林吧）赠送的小日记簿待在一起——写吧，父亲，没有收件人的信，可能会成为秘密，可能会成为诗。

伐木工人的营地在天峰林场的边上，天峰林场就是半山腰的松树林。地球最古老的毛发生生不息，养活了一批又一批手持刀斧的跳蚤。被砍倒的树像坠落的星辰，像被废除的词语，像被拆得七零八落的笔画，以否弃一切的姿势——拒绝顺从，也拒绝反抗，或者通过拒绝使顺从本身成为一种反抗——卧在林子的里里外外。这是一种暴力的经济学，如同历史。

父亲的工作是和其他工人一起，将已经倒地的树木去净枝桠，再抬到林边码放整齐。头一天，父亲的手臂就被蹭破了皮，财哥扔给他一对袖套，于是他就成了林场里唯一戴护具的工人。父亲虽然乳臭未干，但也不能心安理得地给自己戴上乳臭未干的标志，所以很快又脱掉了袖套。林场里的小伙子都特意赤着上身，他们以自然的方式，用时间和疼痛给自己缝制铠甲——他们的手上、臂上、肩上、胸前，每一个要与木头接触的部位都磨出了老茧，经过无数次汗水的淬火，越来越厚，越来越硬。光从树叶的缝隙间渗透下来，在他们红通通的身体上摆出了各个不同，却又是在同一种规则下生成变化的明晃晃的图案。"火焰与幻觉的刺绣，闪烁如透明的蝴蝶""每一棵大树都是一只万花筒"，遭了不少白眼的父亲就着月光，在本子上写了几句话（他所写的与我所写的会有多少相似、多少不同？其中显现出的是亲缘关系，还是迭代与背叛？），然后抹干眼泪，悄悄走回营房。

有活儿干的人确实有饭吃，一天甚至能吃三餐。早饭是稀粥，午饭是稀粥加高粱面窝头，晚饭是稀粥。以稀粥填充的身体免不了总是湿漉漉的，质地和浆糊差不多。伐木工人每天都洗好几次澡。所谓洗澡，就是站在凉荫底下，拎起一桶水，从头浇到脚，同时像猴子似的发出几声怪叫。父亲并不是没有见过成年男性的裸体，但对于这种露天演出的强度缺乏准备，只觉得自己遭了一大群牧羊神的突袭。一头稚嫩的小鹿看到在草地上休憩的独角兽，自然会心生仰慕，但若看到它低着头，挺着尖锐的角朝自己猛扑过来，则必定会恐惧逃窜。他领受这种原始的、野蛮的、浑不讲理的冲击的方式，不像是一个未成年男性，倒像是一名女性。父亲被那些怪兽般的身躯吓着了。所谓怪兽，所指的除了显著的雄性特征之外，还包括他自己，不过不是指当下的自己，而是指一个随时可能侵入并强占当下的未来的自己。

工人出门的时候，习惯在脖子上挂一只硕大的铁皮水壶，在户外，他们一边干活儿一边喝水。他们总是很渴，而山里的水很甜，还取之不竭。他们挂着水壶的姿态中有一种神秘的骄傲，仿佛那是悬在体外的第二个性器。可能正因如此，父亲不敢奢求拥有一只水壶，而这也让他吃尽了苦头。熬过一整天，他渴得几乎昏厥过去，以至于喝粥的时候，像个劫后余生的人一样百感交集。

所幸山里的夜晚凉爽宜人，被峰峦圈养的黑暗温良如水，尽管有时，父亲会听到自己不能辨识的野兽的吼声，但一切危机都遥远得像是无关痛痒的回忆。所有的骚动都平息了，万物被归还于混沌之泥。营房里有人把耳朵贴在一个短波收音机上听广播，那盒子发出的声音小得仿佛出自某个人的内心。父亲安静地躺着，和他一起听着。父亲觉得自己完全空了，除了一身酸痛，什么也没有，所以需要一点内容，需要一点语言。虽说他连一个字也听不清，但他可以想象。比如，想象一个忏悔电台，播音的是一个除了遗憾一无所有的人，说着一些绝不打算给别人听到的话；或者，一个寂静电台，寂静可不是无声，寂静是通过某种精密的计算，在存在与非存在的两端，以无以计数的声音配平的等式。

父亲的意思是，在群体之中的孤独，莫过于被排除在他人的快乐之外，但若参与的方式不是分享快乐，而是充当了构成这种快乐的材料,则更是一种无法言说的痛苦。父亲短暂的伐木生涯,据他自己说,就是一个笑话。他们在他狼狈跌倒时笑他,在他戴上袖套时笑他,在他摘掉袖套时笑得更响,在他疼得掉泪时笑他,在他抹干眼泪时笑他,在他对他们笑的时候也笑他。他们看着他笑,但不是对着他笑。父亲无遮无掩地暴露在笑的围猎之下。

第三天一早,十二岁的父亲决定离开。财哥,这个唯一不笑的人看着他,就像看着一条十二指长的小蛇。财哥抬了抬下巴,说走过这片林,绕到山背面,再穿越三十里戈壁,就能到达一座新建的小县城。"那里有很多管饭的活儿。我不能去送你了。"财哥不能去送父亲,但不该埋怨他。无论如何,父亲是逃走的,作为狱头的财哥,给他指了一条路。不仅指路那么简单,他还给父亲塞了五六个窝头,甚至把自己的水壶挂在父亲的脖子上。

父亲走进了林子,走着走着,心情渐渐变得轻快起来。他确信,那些笑声、那些目光,都追不上他够不着他了。树尖挑起了整个白昼,将他深藏于腋下——一个微型的夜晚庇护着他。光天化日的世界都被拔升到云端天际,作为少数被遗漏的个体,父亲体验到了自甘渺小的乐趣——在参天巨木的环绕之中，人的高度急剧坍塌，他成了一个被俯视着的平面物，像一个不安分的字符，在日头投下的树影之网里穿梭，躲避天空的阅读。其实，他连自己的阅读都避开了，他已经忘记自己处在一个什么样的故事里。遗忘是福，遗忘即幸存。

林子里都是比父亲更小更善于躲藏的动物，它们在枝叶间闪现，像是只有间歇性的存在。很显然，它们从不自认是主人，并且默许任何闯入者行使临时的统治。于是，这里成了父亲的王国，他在其中无所顾忌，予取予求。出于纯粹掠夺的目的，父亲一路采集蘑菇。他把这些由阴影和神秘滋养长大的赘物视为纪念品。在海边你就得收集贝壳，在天上你就得收集云朵，在树林里你就得收集蘑菇。那些无用的、精美的、到处都是的小玩意，本身就为收集而生。

傍晚时分父亲走出了树林，就像第一个走出树林的祖先一样，感觉失落，感觉一切已无法挽回——人类的童年到此为止。他下了山，由山羊的道路走到狐狸的道路，又由狐狸的道路走到了骡马的道路，脚步越来越沉重。当他来到出山的隘口之前，天穹上已经被涂满了发光的胭脂，太阳只余下一半还在地平线上，好像在表演某种杂技。父亲犹豫了。山外就是戈壁，据财哥说，要去县城，得走三十里。父亲没有用身体测量过，也不能用想象揣摩出这个距离。但他还是害怕它。他怕一旦走出这座大自然的露天剧场，自己就将完全暴露，不再是唯一的观众，而将被迫成为唯一的角色。

父亲在山脚的一块大石头上找到一处凹窝，躺了进去。在天色完全黑下来之前，他掏出他的小本子写了一句："人们想以灯火驯服夜晚，却将夜晚逼进了自己的内心。"

他并非不知道在野外过夜有多么危险，但在夜幕刚刚垂落的时候，还是深深地沉醉于一种神话般的氛围之中。夜空是深紫色的，越往高处色泽越浓，尽管经过了亿万个年头，却还是崭新得如同第一个夜晚。不计其数的星星从四面八方汇聚过来，形成了一条璀璨的河流，向着生命的尽头缓缓流动。他静静地躺着，觉得自己被什么东西托了起来。他似乎就躺在一朵黑色玫瑰的内部，被一只手捧着，呈献给了宇宙。父亲闭上眼睛，呼吸着高处的空气。他太疲惫了，很快就睡了过去。

后半夜的时候，他醒了过来。在这个时段，一切都变得面目可疑。周遭各种奇形怪状的山岩仿佛都成了活物，还有许多似有若无的响声从不知何方传来。有几只野兔、几只松鸡、几条蜈蚣从他身边经过，还有些看不清或认不出的动物，他觉得，其中有那么一两个会说人话，能直立行走。父亲双臂环抱在胸前，整个人缩成一团，抖个不停。这一来是由于山中精怪的滋扰，二来是由于昼夜温差实在太大。父亲只有唯一一件外套，抵御不了两者之中的任意一种，甚至抵御不了一阵风。而风，绝不仅仅是风而已，鬼魂的讪笑、野兽的呼吸、影子的足音、石头的低语、草木的悲泣，还有各种无形之物的喘息，都在风里。

父亲默念着胡编乱造的咒语，打着哆嗦，迷迷糊糊地熬到了天亮，然后趁着空气还算凉爽，爬起身继续前行，走进了茫茫戈壁。那时他还没有意识到一个比吓人的幻影和三十里黄土更为严峻的问题：他在第一天就吃光了出发时带在身上的几个窝头，而他本以为一天已足够走完所有的路。

什么是路？路是河流状的荒芜，是一根勒毙植被的不可见的绳索。荒原是路的扩大和汇聚。路一直都在，想摆脱它都不可能，但方向却被广阔的戈壁给取消了。父亲独自在海的反面漂流，在他的背影前方，地平线被热浪软化弯曲，像一道遥不可及的潮水。太阳已经失去了所在，只剩一道炽热的弧光悬在天边，将视野内外两块烙铁般的大地焊接在一起。中午之前，父亲便走不动了，他不知道自己走了多远，但视野所及，仍旧没有人的踪迹。他不敢敞开喝水，只敢让干裂的嘴唇沾一沾壶嘴。他的嘴里都是土腥味和血腥味。前方有几株光秃秃的胡杨，他走过去坐下来，把外套扯到头顶遮阳，靠在一棵树下休息。

他太饿了，太虚弱了，所以才会想到口袋里的那些蘑菇。他掏了一把出来，丢进铁皮水壶里。水壶被晒得发烫，水是热的，蘑菇也是热的，他撅了两根树枝夹出来吃，只觉得软乎乎的，没什么味道，但这个时候，不管吃的是什么，只要一吃就停不下来。吃完了蘑菇，父亲合上眼皮，休息了一阵。等他再睁开眼睛，他看见他身前的戈壁上空有一片闪闪发光的东西，一种平平无奇但在这种环境里却让人完全无法理解的东西。父亲站起来，朝它走过去。

那是一面没有边框的镜子，悬挂在戈壁上方，如同墙面上的一摊水，看不出形状，分不清远近。父亲一直朝着它走，却始终没能靠得更近。他看到镜子里的自己被没有温度的火焰静静地焚烧。那是一道背影，他第一次看到自己的背影，在悠悠黄土之上无声地蒸腾着，模模糊糊。"一片透明的玻璃烟雾。"他浑身都湿透了，但不再觉得炎热难耐，他的双脚毫不费力地起起落落，仿佛根本就没有着地。父亲笑了起来，他觉得很奇妙、很有趣、很美好，但又觉得自己快要死了。其实，他对一切知觉都失去了把握，他不知道自己是真的在笑还是只是想笑，他甚至不知道自己何时躺倒在地，又一次昏睡了过去。

父亲觉得肩头被一只手拍了一下，他睁开眼，看见不远处坐着一个人，一个看不清面目的成年男人，在即将下落的夕阳中间映出了一个忧伤的剪影。那一轮红日实在大得惊人，仿佛非得如此，才算是给这一天办了一场隆重的葬礼。男人发现父亲醒了，就站起身，默不作声地向前走。父亲站起来，跟了上去。他没有想太多，不害怕也不兴奋，只是在跟随他唯一可以跟随的。

起初，父亲想跟人家打个招呼，或者干脆大叫一声"去哪儿"，但很快就打消了这个念头。他还没有隔着这么远的距离跟人说过话，想一想都觉得可笑。他就这么走啊，走啊。走不动的时候，他就停下来，他一停，那个人也会停。渐渐地，他已经不需要再抬头看着前方，也能跟上那个带路的人，无论如何，他确信那人一定就在前面等着他。父亲走得越来越慢，他的身体仿佛不再属于自己，每迈一步都得拼尽全力，但只要望见月光下那道淡淡的身影，他就总是能站起来，再继续走下去。他已走进这片戈壁的心脏，洞悉了它的秘密。亿万年以前，第一批登上陆地的海洋动物，就在这里，凭借它们软弱无力的鳍在退潮后的滩涂上艰难地挪移。

父亲走着，跟着前方的那道背影，一步一顿，但没有再泄过气，也没有再歇过脚。他走啊走啊，一步，一步，直到曙光初现。每一天都有那么一刻，世界回到了最初的清澈，像一颗巨大的露珠，那么圆润，那么通透，一切都得到了最完全、最明晰的呈现，没有秘密，没有困惑。遗憾的是它太过短暂，短暂得你只能错过。父亲还在走着，一步，一步。太阳还没有升起，柔和的天光从地底涌了上来。父亲走着，他看到，就在前方，或者说，就在那道背影前进的方向，地平线上隐约出现了一些高高低低的块状轮廓。他明白，那些都是县城的房子。给他带路的人这时突然加快了脚步，距离他越来越远，父亲无力追赶，只能大声呼喊："喂！"他觉得悲伤，觉得遗憾；他想看到他的样子，想听到他的名字，但都没能如愿。那个人始终没有回头，直到他的背影彻底消失不见。

父亲啊，您大概没有想过……

他也许根本就是一个只有背影的人……

也许根本就是一个尚未存在的人……

也许，他来此的目的，是以您那个必将存在的儿子的名义，要求您继续存在下去。

园丁[1]

---

[1] 本文可与《圣经·创世纪》对照阅读。

> 上帝啊，如果你当过人的话
> 你今天就会知道该怎样当上帝……[1]
>
> ——巴列霍《永恒的骰子》

1

夜莺已昏睡，知更鸟欲醒。一天中最为凄清的光景，你感到，一股白色的潮水正从发梢涌向发根。日日夜夜，晨晨昏昏；无数虚度的光阴，亿万老虎的斑纹。

神游之际，你忍不住又去抠脊背上的疥疮。你知道自己的指甲缝里满是泥土和草屑，这些生机勃勃的

---

[1] 选自《绿色笔记本：拉美四诗人诗抄》，[智利]聂鲁达、[秘鲁]巴列霍等著，陈黎、张芬龄、袁婧译，北京联合出版公司，2021年5月。

粉末散发着某种可怕的预兆——对于伤口来说，肮脏总是不祥的。你也知道，只要忍耐几日，等结痂脱落，疼痛就会过去。可你偏偏要去挠去挖，让伤口一直新鲜下去。你当然不会抗拒痊愈。问题出在疼上。疼有魔力，你只能忤逆自己。

不得不说，对于你，忤逆自己和顺应自己是一回事，疼痛和快乐也是一回事。没有人反对你，反对自己就成了你唯一的乐趣。

你从不会痛苦，对，疼痛不是痛苦。痛苦需要折磨，而折磨是一个由此及彼的动作。谁能折磨你呢？你无法被折磨，你甚至无法被动：某种意义上，神圣或者说绝对，是一种缺陷。

2

嗯，是的，完美也是一种缺陷。

你曾经制造出完美，在你制造出一切完美的事物之前。是啊，完美。在你制造出完美之前，完美是不存在的，甚至连你自己也不完美。但完美是多么可怕啊。完美意味着停止，意味着终结——比死亡更为彻底的终结。当然，那时还没有所谓的死亡。

如果你愿意，你可以加工一滴泪水，将它制成最精美的雕塑或是最复杂的机械。但你不会这么做。泪水是完美的，无论你投入多少技艺，多少智慧，也只是让它由完美抵达完美。完美不能增减，只能浪费。

这就是你为何如此矛盾：为了给时间开辟道路，为了给目的和动机留出余地，为了用时间与目的设计一场热热闹闹的、有滋有味的游戏，你必须舍弃完美，而要破除完美的魔咒，你只能首先使自己不再完美。你要堕落，要颓废，要成为一个懒汉、一个病人、一个无能为力的人。你为了自娱自乐而自暴自弃。你是一个悖论。你把自己搞得不伦不类。过去，你将工作与休息区隔开来，如同将天与地截然两分。如今，你不再工作，也不再休息。你是一个发呆的大师，一个延误的专家，一个面对自家的天花板如同面对宇宙万物的人，一个抵抗和躲避着义务就像抵抗和躲避着风暴的人。

3

在这个灰色的时刻，所有的花草树木都在门外叹息，你从混沌中抢救出来的北风正在训斥它们——你的牧羊犬和你的羊群在大惊小怪中互相戕害，而你这个牧羊人对此却无动于衷。

4

你又想起他来了。那个巨大的婴儿。他本来只是一个没有活气的皮囊，就像你的花园，本来只填充了一些形状和色彩的组合，只是一片花花绿绿的立体地毯。是你赋予了它们生命。

即使对于你，生命也是十分抽象的，是难以解释的。如果非要说上两句，那只能说，生命是极端规律下的随机，是完满秩序下的失控。

要制作雕塑与绘画，只需要工具和材料就够了，你做完它们，然后丢开它们，任由它们剥蚀腐朽，最后化为乌有。音乐却不是一劳永逸的创造，缀满音符的乐谱不是音乐，一架有三百零五个琴键的大管风琴也不是音乐，在键盘上飞舞的手指也不是音乐，这些可见的物质形式必须通过恰到好处的相遇，彼此成全，彼此化解，从而融汇于不可见的系统之中，乐谱消失了，管风琴消失了，手指也消失了，只余下一股美妙的流动，一股起止俱在虚空之中的流动，就像冰封了一季的河水终于解冻，所有的鱼儿都在其中游弋跃动。

这才是音乐，不占据也不承受，从来都不是存在的一部分，只是凭借其轻盈自由出入于存在。乐曲一次次被奏响，而后寂灭：一个永恒的轮回，或者说，一条时隐时现的蛇（人们常常谈起花园里的蛇，这是一个多么可笑的误解）[1]。

这才是生命。

你所做的，就是将音乐注入绘画和雕塑当中。

5

他活了，它们也活了，活了的意思就是，不再从属于你。你想要活物，就得容忍意外，就得容忍过剩与溢出，容忍无所不在的杂质和瑕疵。

从种子落进土里的那一刻起，一场缓慢的爆炸就开始了。

雪松和凤凰树的枝叶不愿停留于最美的状态，它们根本不顾你在所有形体中埋设的关于和谐的定义，

---

[1] "永恒轮回"思想的最直观表现便是一条衔着自己尾巴的蛇，这是一个神话图腾，也是一个炼金术符号，被荣格视为一个重要的"原型"。

只顾着向混乱发展，一旦疏于照管，就会淫荡地彼此交缠；百合和玫瑰花圃几乎只有最初绽放的一个瞬间看着才算顺眼，凌霄花只适合作为点缀，却偏偏长得最为茂盛，犹如一种灿烂的疫病；星星草本来娇小可人，可一旦放任它们自由生长，便东倒西歪，杂乱无章，还不如农民的庄稼好看；更不用说胆汁般的苔藓、疥癣般的地衣和脓疮般的沼泽，它们根本不是你的手笔，你没办法彻底抹掉它们。所以你才要工作，所以所有人都得工作，工作的意义在于执行计划，而执行计划就是修剪那些不在计划之内的、对计划形成干扰的枝枝蔓蔓。

工作就是对生命的制约。

6

工作啊，高尚的工作。你以为你的以"层次分明"为目标的工作，其核心成果将会是"秩序"，可实际上呢，你现在看到了，是"阶级"。富裕与贫穷是阶级，劳心与劳力是阶级，不如直说吧，首先，神与人便是阶级，创造与被造是阶级，有知与无知是阶级……难道花与草不是阶级？难道乔木与灌木不是阶级？还有啊，善与恶也是阶级，所以你才要让他们离那棵树远点儿吗？

你在骗他们，还是在骗自己？无论以哪一种方式，只要某个存在能将自己置于其他存在之上，就会出现阶级。这么说，连天与地也是阶级？只有在混沌和彻头彻尾的黑暗中找不到阶级。可是，在混沌当中什么都没有。

所以你看，阶级的出现与你最初的工作有关。这是最要命的，这意味着原罪实际由你而起，由划破混沌的分殊而起，由"那树上的果子你不能吃"的律令而起，这意味着那把刺向兄弟的利刃[1]是你的工作所制造的普及型产品。

7

事已至此，你能干什么呢？你该干什么呢？你的颈椎、脊背和膝盖都变了形，你做出的每一个动作都在缓慢地消耗你、摧毁你，就连躺着也不例外。休息是不可能的，休息是个谎言，有工作才有休息，休息

1　指《圣经》中提及的该隐谋杀亚伯的事件。

是为工作服务的,休息是工作的奴隶。你啐了一口唾沫,坐了起来。你忍住浑身酸痛,昏昏沉沉地走到门口。路就在门外,推开门,你就得独自面对它们。

上帝啊,你伸手一推,然后对自己说,这是什么样的路啊。没办法,实在是没办法,你追悔莫及。你曾经十分欣赏代达罗斯[1]的作品,因为你只注意到高度繁复之中的高度智性,因为你那时还将难度视为乐趣,或者说,你还把一切视为一个游戏,而不是看作一项工作。可只要白天会变成夜晚,游戏就会变成工作,你不得不踏进两条不同的河流。

如今,你望着前方纷乱的道路,只觉得可憎,只感到恶心。这个没有任何宝物可以收藏的金库,这个没有任何贵人可以守护的城堡,这个谜面百转千回,谜底无聊至极的谜语,这个除了荒谬还是荒谬的怪胎……

早先那些衣冠楚楚的观光客们,那些骑着穿过针眼的骆驼[2]前来造访的肥胖症患者们,曾经对这座迷宫赞不绝口。他们赞美数不胜数的珍奇花卉,赞美同时

---

1 代达罗斯是希腊神话中技艺高超的工匠,据说是克里特迷宫的设计者。
2 在《圣经·新约·马太福音》中,耶稣说:"骆驼穿过针的眼,比财主进神的国还容易呢。"

存在于花园之中的四个季节和十二个月份，赞美既肥沃又洁净的泥土，赞美云中的极乐鸟和水上的白天鹅，赞美每一种形体和每一个色彩，赞美对称也赞美不对称，赞美工巧也赞美自然，赞美直截了当也赞美迂回曲折。迷路对于他们不算受苦，他们也不准自己受苦，他们连抬一抬腿、挪一挪屁股都不愿意。他们一生辛勤劳作和行善积德的目的就在于此。他们是来享受服务的，是来作威作福的。这些白痴，你拿出鞭子抽他们，打得他们屁滚尿流，打得他们鬼哭狼嚎："地狱啊，地狱！"你呢？你笑了。这下倒给他们说中了。于是你清静了，再也没人来了。

8

你走在这些人怎么也走不完的路上。歧途，歧途，歧途，根本没有正道，全部都是歧途。这么想想，你还有点高兴。北风做完了它的工作。紫丁香和三色堇的花瓣掉落一地，还有绣球花、杜鹃花、山茶花、番红花与月季，都与烂泥一起，混成一摊鲜艳的呕吐物，湖里的荷叶大半都沤烂了，卷柏像死尸的头发一样缩成一团，银杏和欧刺柏的果实砸在碎石子路上，发出粪便似的恶臭。

你要走到花园的中心去。众所周知，花园中心有两棵树。你现在清楚了，你应该放在那里的不是树，而是绞刑架，但当时是不可能想到的。绞刑架不是你的发明。人已经足够聪明了，已经能创造真正有用的东西了。

所有的绞刑架都以你那两棵树为模型，一边是理智，一边是永生，人们走到这两者中间，啪嗒一声掉下去，被勒断了脖子。

9

你一边走着一边想起他和她来。你的宠物背井离乡，可怜巴巴地等着有人来告诉他们：你们是自由的。而在那个时候，不知羞耻的他们曾是多么自由、多么迷人、多么健康、多么坦诚，他们赤裸的身体无论在奔跑还是休息时都格外美丽。他们随时随地都可以交换体液和野兽的真心，他们做那些美妙的事情，为了自己也为了你。美妙不只为行使它的人，也为观看它的人而存在，不再被允许观看的时候，就立刻腐败。他们就像两股清澈的水流，出于自卑，翻出污泥遮蔽自己。一片树叶把他们的身体变得丑陋。

10

但你现在还是要再一次提出这个问题，提出这个有毒的问题：他们会爱吗？

你想让他们相爱，想让他们爱你。但问题难道不是出在你身上吗？爱是个动人的字眼，是个难得的好字眼，但你不能直说。你什么都不能直说，你说出来就会实现[1]，可世界早就装不下这么多事实了，只能继续填充幻觉——那不是你的任务。

你总是静悄悄地靠近他们，你假模假式地模仿原始人——先于人类的人类，假装自己只会行动不会说话，假装自己是个使用石矛的猎手，正战战兢兢地靠近你的猎物。你的文明和你的人类学是一种装聋作哑的技术。你连"嗷"地叫一声都不敢，生怕它会凭空生出些鸡零狗碎的意义。你这么偷偷摸摸的，他们怎么可能不被你吓到，怎么可能不躲你躲得远远的？

---

1 《圣经·新约·约翰福音》的第一句经文是"太初有道"，也可译为"太初有言"，有学者分析认为，这表明语言是神的创世工具，而且是唯一先于神而存在的事物。

可是，等等……可是，"这树上的果你不能吃，你若吃了必定死"，这话难道不是你说的？或者，你说了这句话，但它竟然拒绝成真？你因为太过健忘，而不再一言九鼎？

无论如何，这是最令你懊悔的，也是最不可避免的：你下了一道命令。你只能这么做，能够下命令等同于必须下命令，绝对者本身就被绝对的命令命令着。命令之后，爱不再可能；命令之后，温情与依恋不再成立；命令之后，甚至也不再有顺从。不难理解吧……如果命令不能带来愤懑、憋屈、厌烦、叛逆、抵抗，那如何证明一道命令确实是一道命令？想象一道使人感到满意和舒适的命令吧，想象一下，人们"自愿遵从"的命令是何其多余……如果命令的强制性无从体现，那么它的严肃性也就失去了保证，命令本身就被瓦解了……不，说不定更糟糕：命令变成了玩笑。

这就是你的实际处境。他们太天真了，他们信你，他们因信你而安乐；想让他们违抗你是不可能的，他们以取悦你来取悦自己。所以，为了保卫命令，你必须惩罚，惩罚与命令的关系，有如军队与独裁者。你必须惩罚，无论那是罪的惩罚还是爱的惩罚。

11

你由边界兜兜转转地走向中心。四条河水[1]干涸得像四口浓痰,蜷缩在被大旱阉割的土地上。

你想起那一天,在河边,他们两人跪在你的面前。作为一项创举,"跪"这个姿势盘踞在历史的开源处,蕴藏着此后的全部内容。面对你质询的目光,他起初只有一脸震惊与茫然,在短暂的犹疑之后,试探性地展露了一个讨好的笑容。就是这个笑容彻底搞垮了你。你知道,除了末日,你无法报之以其他。

你们久久地对视,但没有交锋,只有一种来来回回的拉扯,像是那种让人极度不耐的伦巴舞步,你一直在向他逼近,而他一边后退一边手忙脚乱地配合你,你们让彼此筋疲力尽。你想展现的也许只是家长式的霸道,也许,你展现得不错,但他不能理解——他无法理解主宰者,正如他无法直面太阳——也就无法合宜地屈服。他一再地向你表示:哦,不,我没有。直到你因为目光的衰竭而显示出哀求的意味,他才恍然

---

[1] 四条河水,指从伊甸流出并滋润伊甸的比逊河、基训河、希底结河(底格里斯河)与伯拉河(幼发拉底河)。

大悟。一切为时已晚。他平静地冲你点了点头，承认所有的指控，接受所有的处置，他的眼睛在对你说：好吧，好吧，如果这就是你想要的。他在可怜你。

只有他可怜你，只有他懂得你，只有他毫无保留地忠诚于你。此后，一些人会背弃你，一些人会祈求你，而你，你已背弃自己，你无人可以祈求。

12

现在，你到达了花园的中心。在这里，你忆起了你久已忘记的东西，你忆起了你建造这座花园的目的：你要制作一幅宇宙的地图。无知的人会反对这一点，他们会说，你的花园以两棵树为中心，而宇宙没有中心，或者其中的任何一点都是中心，否则就不能说宇宙是无限的。他们把宇宙理解为空间，他们只能想象空间的无限，但宇宙首先是运动，是知觉与行为，宇宙的中心是真理。

你栽种过真理的图示——知识。不得不说，它长成了恐怖的东西，长成了连你也相形见绌的东西。现在，你站在这棵树的面前，它庞杂的根部像巨大丑陋的静脉，狰狞地暴露在地面上，而一旁的生命树是多么可怜啊，在还是一棵羸弱的树苗时就遭到绞杀，被勒得四分五裂。

你要工作了，这是一项全新的工作。既有始，必有终——这是你的原则。你的新花园，一座末日花园将从这里开始播下第一颗种子，它将彻底覆盖并替代你的旧花园，它将以旺盛的生命活力和无可遏抑的革新精神扫荡一切腐朽和干枯的东西。在东面守卫的智天使已经接到你的指令，以机器的服从、高效和精确，挥舞着风车般旋转的火剑，扑向你身边这座有机的绿色通天塔。一剑，再一剑，又一剑。你看到大树披上了鲜亮的红袍，扑倒在地，将无数火星抛向四面八方。这座花园终于迎来了最为繁盛，也最为娇艳的一刻。一种善于舞蹈的红色花卉遍地绽放，一个灭绝一切的春天像龙一样翻腾，像马一样奔跑。

烈焰的玫瑰在炽热的土地上一边扭动腰肢一边飞速生长，吞没了你曾引以为傲的一切色彩和一切形状，也吞没了在天边袖手旁观的夕阳——作为收工的标志，它早已过时，早已失效。

天才刚黑，你就坐在灰烬上吹起了寂寞的口哨。尘世里早已是夜夜笙歌。你知道，失去乐园的，只有你一个而已。

女儿或安提戈涅的童年

她生活在巨人环伺的世界里。

无知是她的存在方式,也是她面对其他存在的方式。危机像狂暴的飓风在周遭肆虐,唯独给她留出了一个小小的空当。她是安全岛,是暴风眼。在充分学习之前,她是受到优待的,它们不会扑向她,撕咬她。

天真在人间可享受特殊的豁免,但天真对自身的特权一无所知。她只懂得一件事:想要活下去,得讲求策略,有时必须忍辱负重。

男女巨人把她,以及他们自己都装在一个相当大的盒子里。其中的空间经过了二次分割,作为迷宫太过简单,作为牢房又太过复杂。在这里,男女巨人并不以力量,而是以高度实现他们的支配与统治。高,意味着从行动到结果的直接性——她必须踩着椅子才够得到糖果罐,他们只需要伸一伸手就可以了——而直接性,意味着神圣的赋权。矮小,或者说贴近地面,则意味着间接的收获方式，意味着祈求，意味着工具，意味着僭越，意味着智取，意味着发明。

她的所有欲望都挂在半空中，都位于比她更高的层次上，也就是说，都高悬在奥林波斯山的山顶上[1]。所以，她若想满足自己，必须得足够聪明，足够耐心，还有，得足够虔诚。

她爱吃的零食、珍视的玩具，还有其余那些漂亮而又易碎的小玩意，对于她，都如同天边的星辰。她得不停地许下摘星的愿望，然后等待。"等待"在这里至少有两层意思。其一指的是她的被动，其二指的是一种与"耐心"有关的修行。终于有一天，修行结束了，她受够了。

男巨人给她讲过一个名叫《杰克与魔豆》的故事，他一定没弄明白这个故事的真实含义，如果他知道她曾经为了长出翅膀而付出了多么可怕的努力，就不会轻视这个寓言的力量。它带给她振聋发聩的启示，带给她付诸行动的胆识。连续七天，她从她的零食与午饭里收集不同类别的种子，在只有她才能辨认得出的墙角丛林、地毯流沙与被褥云朵里栽种它们。她的直

---

[1] 奥林波斯山是希腊神话中诸神的居所。

觉的精确性达到了魔法的程度，帮助她总能在第一时间找到那些肉眼无法瞧见的小小隆起。她抚摸它们，像母鸡一样用体温孵化它们。起初，她感觉不出任何变化，但她知道，改变的力量源自坚信。她相信，要结束所有的不公，结束所有貌似讲理的专横，结束所有不容挑战的强权，结束要挟和命令，结束单方面制定且单方面宣布的铁律，就必须利用好每一个故事。

一个刚刚开始实验耕种的袖珍野蛮人，所能仰仗的只有天地的恩宠。对她来说，这意味着，她的行为必须符合天然的正义，必须遵循自然法。她极为擅长祈祷，或者说，极为擅长与不存在的对象对话，她总是单方面地做出承诺，不断地就这一点做出保证。她保证，她不会任由欲望无度膨胀，她保证，她只会专注于那些本就属于她的东西，或那些应该属于她的东西，或那些只有她才懂得其价值并利用其价值的东西。

尊严从对正义的信念中产生，所以她才会如此看重尊严，看重得到了不惜自我毁灭的程度。但他们不懂。所以他们明目张胆地撒谎，所以他们当着她的面用暗语交谈，所以就连她为了洋娃娃的爱情和病情而焦急、而心碎、而窒息的时候，他们还在开着莫名其妙的玩笑，所以在她暗自发誓要杀死他们的时候，他们还在跟她嬉皮笑脸，不以为意或不屑于防备。他们轻佻到了骨子里，根本不知道如何庄重。

那一天，黄昏不由分说地飞进他们居住的盒子，然后就被困住，走不了啦，像一只把翅膀浸在茶水里的蝴蝶。很明显，除非她变成猫头鹰，否则这个黄昏会在她这里持续一生。所以，是时候了[1]，是必须摊牌的时候了，是奇迹发生的时候了。她开始四处巡视，一路上，地板咔啦咔啦直响，无数的阴谋在她脚下粉碎。奇迹来临之势已不可阻挡。

她和一片正在迁徙的森林交错而过。那是七棵和大山一般高的松树，率领着它们的无数子孙，像一群躯干特别大、腿脚特别小的半人马一样奔跑着。这是女巫发来的复仇讯号。她不需要出声，不需要动员，不需要号角，只需要满怀心事地走过去，她的意念会自行激活空气，会放飞无穷数量的隐形蜂鸟，震颤着翅膀，背着看不见的发条，飞去所有被压迫的精灵那里通风报信。它们抖掉孱弱的伪装，挺直身躯，组成了一支虎背熊腰的部队，头发上别着黄色花蕊的小小

---

[1] "是时候了"，是奇迹发生前的一种讯号，或者说，一种召唤，见于两位诗人的诗作，里尔克的《秋日》和保罗·策兰的《花冠》之中。

野花。每一朵都是真花，不是塑料花，那是她精心挑选的徽记。她要代表所有够不着糖果的人，代表所有矮小的动物，代表啮齿类发动这场斗争，这是史无前例的宏大斗争，胜过冰激凌和红辣椒的终极对决。

她用借来的鹿蹄跳跃着，在半空中向下挥洒亮晶晶的七彩泡沫。所有的种子都发芽了，墙角丛林、地毯流沙、被褥云朵、沙发绿洲和桌椅山脉都升起了她的旗帜。所以，是时候了。

那么现在，慢性子的夕阳先生，好脾气的台灯先生，请你们为接下来的这一刻作见证。她一路走着，骄傲地走着，用脚底唤醒了一大片魔豆的田野；她大踏步前进，用一只脚揭开命运，马上又用另一只脚遮盖它。是时候了。奇迹的时刻在光阴的巢穴里扑扇着翅膀，等待像压一根弹簧一样压着她。啊，现在只差一点灵感了，或者说，只差一只兔子了。这不难。一根弦被拨了一下，作为一个白色的音符，兔子蹦了出来。当这种云朵般的、令人忘我的生物耸动着鼻子，循着神秘的气味，犹疑地、略显神经质地带领着她奔向不知道和不可能时，一切都成了。

她在升高，以日晷的方式。小的东西都在变大，同样的，大的东西也都在变小。她放慢了脚步，遏制着心跳。男女巨人都在前面，在一个名叫客厅的盒子洞穴里，对着一个名叫电视的盒子马戏场。这种活动好比照镜子。巨人们是电视的镜子，他们的内部在亮闪闪的梦境中融化，变幻出一个万花筒的世界。她在靠近他们，她仍在生长，等她终于站在他们的面前，她会和他们一样高大。

"爸爸，我也想看。"她终于正式提出要求。

"不可以啊，你的视力还在发育。"

"我会瞎掉吗？"那也是我的事，她在心里补充了一句。

"会瞎掉，嗯。"男巨人看了她一眼，做出用手捂住眼睛的姿势。

有只黑乎乎的鼹鼠藏在眼睛里，这会儿正探出爪子蠢蠢欲动。

"我就要看嘛。"她恶狠狠地说。

"小孩儿也可以看看这个。"女巨人插嘴说。男女巨人对视了一眼。"嗯。"男巨人点了点头。

他们的妥协来得太快了，她冷笑着心想。

"那来看一会儿吧，"男巨人冲她招招手，"就十分钟啊。"

她走过去坐在沙发上，魔豆伸出柔软的藤条，一圈一圈，悄无声息地盘绕成一个螺旋形的垫子将她高高托起。她挺了挺身子，看了看他们，她的眼睛已经能够平视他们，他们仍装作若无其事。巨人们太习惯自己的巨大，也太信赖自己的巨大，他们对身体的乌托邦太过着迷，对它的真实性已经不太在意。

十分钟？区区十分钟可别想困住她。她一坐下就开始数数，一二三四五六七八九十，洁白的象牙鸟笼，十根晶莹的笼条，但它套不住她了，她太大了，它只能箍住她的腰，像一件硬邦邦的白裙子。

"好啦。时——间——到！"他故意拖长声调，用一贯的调侃方式宣布命令。

"我还要看。"她紧紧地攥住拳头，回应道。

"时间到！回你的房间去吧。"

"你的房间"是个好听的说法，"你的房间"指的是最近的西伯利亚。

"你明明都懂的，你的视力还在发育！"男巨人瞪大眼睛盯着她。湖泊底下是深渊，在脸的版图上，每一种扩张都释放出吃人的意味。

她竭力克制恐惧，颤抖着，又一次表示拒绝。"不行！"她说。

"为什么不行？"

"你看我就看。"

她以这个天平一般的句式要求公正,它的朴素与简短中蕴含着谁也无法推翻的至理。

"你还是小孩儿。"男巨人说。女巨人跟着附和道:"别看了。"接着,两人都沉默不语,但并未真正安静下来。巨人们擅长利用语言的空当制造气氛,以这件无所不在、无可防御的武器,他们把她逼到绝境。

"你够了。适可而止。"男巨人终于沉声说道,这是用胸腔发出的雷霆[1]。

她觉得轻松多了,她不再害怕了。要结束恐惧,只有让恐惧之事如期发生。有时候,她甚至在期待这个,她期待暴风雨在一瞬间掀翻风和日丽的天空,她期待从温情背后骤然闪出妖魔的本色。

"为什么你不适可而止?"她说。

他笑了,快活的,疯狂的。

"我再跟你说一次,最后一次……"他还在毫不掩饰地笑着,似乎是愤怒本身在笑。

"为什么是最后一次,不是最后两次三次?"她也笑起来,她不会放过任何开启语言游戏的时机,"如果

---

1 希腊神话中,主神宙斯执掌雷电。

是最后三次，那最后三次里还有一个最后两次，最后两次里还有一个最后一次……最后一次里有最后半次吗？你再说最后半次吧，爸爸。"

男巨人站起来，矗立在奥林波斯山的山顶，一只手不自觉地叉在腰间，低着头，穿过重重阴云俯视着她。

她也站了起来，无数被魔力催生的藤条随着她的动作，扭动着向上生长，化作一片蟒蛇的丛林，吐着鲜红的信子，缠住每一座山峰、每一块石头。

"回——房——间——去。"

他不可能轻易取胜。对于各种形式的雷电，她已经习以为常，而他却从来没有留意过任何一个戈耳工[1]的诅咒。

他们僵持着。僵持与对峙不同，僵持是冲突的懵懂状态。在两军前线，突然起了一阵弥天大雾，士兵们什么都看不到了，什么都想不起来了，只剩下一片白色和身处襁褓之中的迷惘，似乎什么都没有发生过，似乎什么也不会发生。他们以为自己成功地避开了，成功地幸免了，可一瞬之后又忆起了无法忍受的事实：每一秒都有人死去。每一秒都有无数致命的伤口在空

---

[1] 戈耳工是希腊神话中的女妖三姐妹。

中飞舞着，寻找能够容纳它们的身体。他们忆起，人是作为死亡的港口而存在的。

眼泪涌上她的眼眶。"我——不——去！"她大吼着。

毁灭的火焰都埋藏在肌肉的深处，在彻底爆发之前，她是看不到的。她只能看到无法挽回的结果。蛇的身躯被锋利的山楞割裂，撑破，崩碎，熊熊燃烧着，混在最后一抹晚霞当中，与焦黑的凤凰羽毛一同缓缓飘落。黄昏的尽头是夜晚。

她飞了起来，但翅膀却被折在身后。她与男巨人面对面，无声无息地飘荡着。她没有力气，她被这次飞翔软化了，溶解了，她找不到自己的身体。她的影子军队在地面沸腾着，扑上来又退下去，像一个又一个被礁石瓦解的浪头。

他挟着她回到她的房间，降落在奥林波斯山的山顶。她被束缚在刑柱上，迎着令人窒息的狂风，尖叫，哭喊，然后有气无力地抽泣着，在心里细数着自己被剥夺的东西，盘算着对于自己来说，什么才是最有用的，是一万次赦免，还是一把匕首。仅仅一把就够了。终有一天，她会以鲜血为她自己，也为公正洗刷耻辱。

天问[1]

---

[1] 本文可与詹姆斯·乔伊斯的《尤利西斯》第一部的前三节对照阅读。

> 那里,在葡萄架的秘密中,
> 他们围坐于宴饮时分,
> 在伟大的灵魂中,怀着平静的预感,
> 主说出死亡和最后的爱,
> ……
>
> ——荷尔德林《帕特默斯》[1]

一

喝过早晨的第一碗羊奶,祭司顺着楼梯登上塔顶的瞭望台。一只张开双翅,在半空飘浮的苍鹰与他对视了一眼。左右望去,世界无比恰切:它是完全对称的。他的土地宛如他的天空。

---

[1] 此处诗句引用自戴晖的中文译本。

一抹银河般的草色从峡谷开始，延伸至河边——那河，他该怎样称呼它？一年四季，它用四个名字，早晚又有不同的别号，男人和女人都有各自惯用的昵称。河水呈现奇异的虎斑条纹，在黎明或日暮，会变成透着虹彩的墨绿色。河流两岸，生有巨角的蛮牛在黑色莽原之上奔腾，镀有荧光的岩石星罗棋布。沿岸的芦苇荡色彩近于死者的瞳仁，夹杂其间的金色鼠尾草，灿烂如矢志未泯的信仰。倒卧在左边的睡山形似一头搁浅的巨鲸，鲜血般艳红的樱桃林使它遍体鳞伤。与之相对的是右边的迷雾岭，在秋季少有的晴朗日子，那里落满了过路的火烈鸟。这群美丽的冥想者或坐或立，安静、消瘦、忧郁，在离开之前，把沉甸甸的蛋留在石凹里。

巨大的圆形祭坛标示着峡谷的中心，坛墙上由历代圣徒描画出每一种生物（即每一颗星辰）的模样。修正不断进行。过往时有新增，如今则只能抹除那些因了神的厌倦而消失的物种。

（祭坛，即神的备忘录，供神于末日之后重新创世所用。然而，神真的有如此顽固的执念吗？）

祭坛的中央便是塔，被巨蟒般的螺旋阶梯盘绕着。

离开塔顶之前，祭司必须首先瞻仰神的面容，他对祂的四种形象格外熟悉：白昼和黑夜，愤怒和喜悦。他向苍穹道别，逐级而下，峡谷随着他的脚步旋转。

出生时，祭司的身上写满了答案，十二岁那年，他将被割除的包皮，连同写在上面的至关重要的一个字眼，裹在蒲叶当中，放在河里任其漂远。从此以后，他的答案便全部变成了问题，无止境的疑惑成为他余生的使命。他懂得所有图腾——包括已知与未知——的秘密意涵，他爱护鸽子，因为他知道这种轻盈的飞禽是苦行僧们交托于天空的心脏。他能以精确的舞步碾磨人的灵魂。在用餐前他赞美神，在如厕时他诅咒魔鬼。他的两颗睾丸与日月一同交替升降。简言之，他获准成为神的仆人，迎回了具有神性的无知。在他入睡时，无数神秘蜷缩在他的毛孔之中；在他清醒时，它们借他的问题打开双翅，向天极飞升。正因如此，神才在每个清晨将一口生气吹进他以及其他人的鼻腔，重新赋予他们生命。

他们，这些雨点般降在大地上的生命，只能在低处生活。

游吟诗人的每一次呼吸，都会产出一个绝妙的句子。他对迎面走来的祭司唱道："在一切动物当中，唯有人最多智；在一切果实当中，唯有死亡最甜蜜。动物代代繁衍，人亦如是；果实季季丰满，死亡亦如是。今天正是个从人的头顶收获死亡的丰收日。"

他像对待情人般轻抚怀里的托布秀尔琴，用仅有的一根弦奏出千变万化的旋律。据说，他从十个亡妻的头上各取下一根秀发，串接成这根独弦。

"你这个老疯子，穿不起长袍的穷酸，用你那狐狸嗓子嚎些什么怪东西？"祭司既亲热又不留情面地喝道。

诗人一直到处游历，从未在任何一处长久停留，祭司则被责任束缚在一眼看得到的范围之内。然而，两人的生涯都太过漫长，一次次地萍水相逢，让他们成了老熟人。

"我啊，本来是个诗人，是个歌手，不过偶尔也兼一回预言家的活儿。"诗人没抬脑袋。不知这句话的用意是严肃还是诙谐，单凭嗓音无法猜测他的神情。

"世上的第一个诗人，你的远古前辈俄耳甫斯，他告诉我们，一个诗人除了自己的死亡什么也预言不了。"祭司说。

"每一个人都在衰老中被迫预言自己的死亡。诗人不同，诗人迷恋死亡，甚至是雀跃着奔向死亡。对于诗人，死只不过是一个转身；而生命，则是在转身之后被遗落的东西。别相信那句忠告：不要回头。前方已经无路可去，身后的道路却没有尽头。最后，那最后中的最后在无限远处。"

"黑暗和我们的距离不过只有一块眼皮的厚度。"

"你没弄懂我的意思。无限远处不过近在咫尺，最后与最初在同一个点上，我们的存在不过是一个幻景。"

"谁眼中的幻景？"

"啊，老伙计，这是你今天问得最好的一个问题。时候快到了，答案呼之欲出。"

简短的辩论是他们的晨课，以一阵突如其来的大笑和一个拥抱为完结。他们交换了各自的忧虑，仿佛一个驮着他人烦恼的脚夫，不再有十足的重量感。对他人开放，便意味着损失一部分自我，但自我总是太过庞大，这与其说是友情的代价，不如说是交际的好处。祭司像只膨胀到极限的气球，得向镇上的半数人吹风，才能不被自己的智慧撑到爆裂。

对于和他交谈的人来说，他的语言有一种可以听的气味，与创造的气味一致。他们把完全赤裸的自己捧到他面前，被他清洗，被他更新。

丰收是可悲的，金黄色的鳄梨、火红色的山椒和淌着酸水的黑葡萄足以填平山谷，过剩的产出让大地像一个被自己的乳房压倒在地的妇人。果实腐烂的难闻味道既令人厌恶难挨，又包含某些生机勃勃的成分。祭司一路巡视，仿佛行走在一片巨大的精液沼泽里。自然的生育力教人懂得服从汗水、服从身体，女人的肚子纷纷鼓胀起来，又一茬孩子在地上爬。小镇的规模在不断扩大，祭司巡视的距离越拉越长。直到中午，他才走到镇子边上，圣洁之路到此为止，前方开始变得泥泞不堪。再过去就是烂草坡，那里生活着吃兔肉长大的，满身红毛、目露凶光的山猪。这是种危险的动物，在它们垂落地面的肚皮里，藏着一只魔鬼和七种漂着油花的邪恶。

祭司停住脚步，抬头直视阳光。有条蛇在他的眉毛里蹿，他的手心握住了火焰，头发倒竖着扎进头皮里，像一只半球形的海葵在脑褶子里爬。在他的眩晕中有一个万花筒，色彩流动变幻，保持着晶体般规则的几何形状，以边与角的装卸动作不间断地衍生和溃散着。那是神的讯息，他将意旨秘密地烙在仆人的眼皮上。啊，答案出现了，直接而准确，叫人浑身颤抖，却无法被读出来。

祭司像一个吞了石头的诗人，喉咙里只有沉默。

这个世界就是神的语言，是神最初的也是最后的发声，之前没有别的话语，之后也不会再有。可是人们已经不能满足于真理了。他们渴望神，逼问祭司从神那里获知的答案，却把庄严的回应看作敷衍、看作欺瞒。对于这种谬见，他们虽不着力表现，但也不加遮掩。

鞋匠家那个半人半铁的阴阳脸男孩，正趴在路边的猪圈里，伺候那头肉山般的肥猪，沾了半身臭不可闻的秽物。这头养尊处优的牲口，像一个躺在烂泥里的帝王，把富庶的帝国——满身白花花的肥膘——挂在一副弱不禁风的软骨头上，被不知收敛的食欲催逼着，不断扩张。那病态的肥硕，那哼哼唧唧的无度索取的嘴，和唯一的猪国子民，也就是面黄肌瘦的小猪倌一起，构成了一幕极简的政治悲剧——它太肥了，而他太饿了，谁都想得到结局。

一看到祭司，男孩就像新生的幼鹿那样挣扎着站起来，匆匆忙忙地跑去迎他。

"我父亲想请您上家里一趟。"他一边说着，一边挥舞着右手，嘴里咻咻地哄赶着想追上来和他亲热的肥猪。他的动作伴随着嘎吱嘎吱的响声，关节部位被磨掉的锈屑扑簌簌落到地上，积了薄薄一层。

这孩子的情况变得更糟了，祭司的不安之中，除了饱含同情，还有更为严重的忧虑，他担心或许这异样的躯体预示着更多人的危机，在人的诸多苦难中鲜有一种仅有孤例，而无旁证者。

早起的人们倚在柴扉门前，个个脸色灰白如雾，像是从夜晚的土壤中长出的橡皮树。一家人用了半辈子的空瓦罐被摔碎了，被男人掴了耳光的妇人坐在地上抽泣，孩子咬着干瘪的奶头有气无力地吮着，枯瘦的老妪缩在驴车改造的轮椅里等死。这些穷人不怕将自己的不幸泄底给旁人，但都没忘了向祭司鞠躬行礼——富饶的土地不接纳他们，但神和祂的仆人并未放弃他们。

鞋匠等在不远处的拐角，引着他们一路走回家里。

深入贫民区的内部，如同走进了世界的背面。这巨大的石头怪兽，内脏是一团淤泥。祭司感到自己的双腿也在行走中变成了一团血肉状的泥浆。而他脚底的黑暗，并不比心里的更多。鞋匠的妻子仍卧病在床，看上去只有一个孩子那么大。她的年龄正在吃掉她的身体。她请祭司原谅她的失礼，但请他不要对她施以同情，她用朦胧的目光把世界装在眼泪里。

"请您听我说。我想跟您讲讲昨晚的事，我想让您听听。

"您知道的。像其他夜晚一样，昨儿个晚上，午夜时分，我的眼睛为了逃避我的睡眠，飞到了群星之间。在被天网阻拦以致不得不停止的顶点，我见到了两个巨人。确切地说，我只看得见其中一个。不，不，我们平常看不到他们，不是因为他们离得太远，正好相反，他们离我们太近了。他们一直就在眼前，我们看着他们，像在看着无限的、没有形体的东西。我看到其中一人的肚脐，比山上的湖泊还要大一倍。他实在太大，用苍鹰的眼睛也只能望见他的脚踝。

"我听见这个巨人在对另一个巨人讲话。对啊，我早几年就聋了。他们的声音太洪亮了，超出了人的听觉，所以你们都听不见，反倒是我这个聋子，听得清楚得很呢。

"那头一个巨人对第二个巨人说：'我的兄弟，把你耳朵里的海倒出来，仔细听我跟你讲。自从在我的腋窝里安家以后，虱子们繁殖得太快了，数目一直在成倍增长，这会儿我全身上下都被他们爬满了。这帮恶心的玩意儿疯狂极了。他们不知疲倦地砍树、凿山、筑巢、耕种、生产、赶着牲口四处乱窜，对每一样够得到的东西张大嘴巴，像永远吃不饱似的。他们真叫我觉得痒痒。凭咱们的交情，以友爱的名义，就像猴子们所做的那样,你该帮我一个忙,哪怕勉为其难,伸出你的手,把他们从我身上捉走。捏死他们,拍扁他们,嚼碎他们,给他们来个一了百了。'

"那第二个巨人就坐在第一个身边,对我来说却太遥远,我看不到他。他们肩并着肩,隔着不可测知的距离窃窃私语。我只能听到他的回话,他说:'掏一掏你的耳孔吧,你的耳屎结成了云雾缭绕的群山,闭塞了你的听力。我的兄弟,听我跟你说。人是这样的一种生物,他们每一个同时都是很多个,许多死人和少数几个活人被他们的血脉拴在一起,无论死活都赖在同一条船上。既然咱们是掌舵的,非得驾着这头驮着舟子的海牛,那么沾上他们也就在所难免了。想叫他们彻底消失根本是不可能的,我已经吃掉了太多的人了,他们在我的肚子里仍阴魂不散,让我气胀、腹泻、干呕,时常难过得直不起腰来。不能再吃了,罢了,罢了。'

"您看,死亡已经吃不下这么多人了,所以我们才生不如死地活着。"

坐在病榻边的祭司俯身看着已经奄奄一息还在被自己的语言不断削弱的女人,嘴巴时不时动几下,想叫她以为自他这里得到了回答。她认真地看着他的嘴唇，好像在揣摩他的意思，但其实根本无所谓。说到底，他在她的自言自语中，有的只是布局意义，就像一个有去无回的风穴，一间剧场中的打光设备。当他真的有话要说的时候，她自然就会停下来。对于那些在出口之前早已被一腔赤诚焐热的话语，她有一种先于声音的听觉。他可以无声地对她说话，他的话语避开了自己的耳朵，就这层意义而论，他认为与她交谈是神圣的，因为他得以在这场交谈中使用一种近乎与神对话的形式。

"我为许多孩子的出生做了见证，我也曾见证过许多老人的死。人就是几尺高的一段生命激流，从头到脚，从天到地。但你知道，将这条热血的瀑布淋在坚冰之上，威力胜过力士手里的巨斧，你无论如何不可小看它，你不可轻视自己的每一口呼吸。"

"您的话说得很急切、很有力，虽说我什么都听不到，但它们击中了我。我想您是叫我珍重自己，因为天赐的生命不容许怠慢，更不容许人为的损毁。我知道，并且会服从。但是祭司啊，我的生命之流给耍蛇人的笛声缠绕起来了，扭成了一道沉沦的旋涡。这个作弄人的命运是谁安排的呢？他又为什么做出如此可怕的安排？"

在这日间与夜间同样黑暗、仿佛有蝙蝠出没的洞一般的卧房里，祭司和这位以痛苦的名义采集真知的女智者沉默以对。头顶的天窗像一只发光的蝴蝶标本，将一个遥远的梦境悬在他们上方，但对于神来说，这条通道太狭窄了。即便有亿万个灰尘天使在他们眼前舞蹈，相比于这里的苦难仍是太微不足道了。

小猪倌独个儿待在门外，炉子生得太暖和他是不敢烤的，就像喝水和洗脸他都得格外小心一样。水和火，对于铁质的东西来说都是危险的物质。鞋匠则沉浸在他的手艺世界里，在皮革城市的建筑和道路中穿行。但事实上，他们都被笼罩在沉默与黑暗中，被淹没在同一片遮蔽声音也遮蔽光线的阴影里。蟑螂、鼠妇、马陆和白蚁，这些食影的生物在脚下悄无声息地繁盛起来，蛀朽了生活。

拆掉这间屋子是可能的，但拆除这种沉默却不可能。它的无懈可击有如命运。祭司在一种极不适宜的坐姿中感到气血不畅、双腿酸麻，他站起身来跺了跺脚，却唤来了急于送客的主人。鞋匠脸上挂着殷勤的笑容，还有一种如愿以偿的庆幸，祭司这才嗅到冷却的地瓜粥的气味，明白对于主人而言最大的难处在于，他既须刻不容缓地执行病人的请求，又须尽力避开早餐的时段,因为若有一位祭司在用餐时间上门,是不应让他空腹离开的。无论体面还是食物,对于这家人来说都很稀有。可是,在将脚踏上门槛的同时,祭司却忍不住自问,在此时离开是否是一种可耻的退让?其中看似存在的被迫性究竟是不是出于一种策略性的联想?

在离开之前,他让他的背影说话,但又让它像一堵墙一样,把这些话挡在了身前。"无论如何,露珠是不可能变得陈旧的事物,人也一样。希望仍在,因为每一次醒来,都是一次死而复生。再见,祝福你们。"

祭司由原路返回,一半骨肉一半生铁的小猪倌像个发条玩具一样甩动躯干,费劲地跟在身后。祭司站在有两只乌鸦歇脚的水车旁等他,他喜欢这孩子。数十年如一日的冥想修行使得他明白,对于心灵而言,铁比水柔软,魂魄在岩石里远比在空气中更为行动自如。猪倌没有停步,而是越过了他,径直向前走,但分明走的是他前行的方向,于是,现在换作他跟着他了。虽有疑惑,但祭司并未出声询问。他们先后走上一截坡道,孩子登上坡顶就站定了。

在祭司低着头预备从他身旁经过的时候,猪倌扑通一声跪下,将头伏在地上,脸贴着地。请允许我跟随你,他说,尽管这景仰你的人是如此愚蠢,如此丑陋。果核样的瞳孔,死一般的注目,他凝固在晨光的琥珀之中,被金属反射的虹晕抹掉了身体的轮廓。如此突然,但对于祭司而言又像是早有预感,连他此刻表现出的过度惊讶也是事先准备好的。他扶起他,像搀着一个腿脚不便的老人,他告诉他"追随"对于彼此意味着怎样美好而又沉重的责任,并叫他不用着急,可与他一同回去,再一五一十说个明白。

他们经过小镇中心。在天地交媾的序曲中,喷泉是一出清凉的悲剧,像大树一样生长出来,又在瞬间被地平伐倒、被重力拽摔在地上。散落在石阶上的水珠和泡沫像金色的蚁群,悄无声息地渗进街心的石缝之中。在由此而生的口渴的幻觉中,他们脚步轻缓,在正午的舌苔上行走。日头刚刚对慵懒而富足的小镇中心居民发出第一声呼唤。街旁尽是些漂亮的带小院的宅子,开花的藤蔓爬满了篱笆,猫在矮墙上惬意地漫步。屋檐下钻出鸟鸣声,紧闭的房门会引发观者的珍奇感——屋里理所当然更加可观,由做工精美华贵的漆木家具、钢琴、漂亮的铁艺吊灯和被施了魔法的自动楼梯构成。地面比床还柔软,壁炉比餐桌还干净。每栋房子都像赫菲斯托斯亲手制作的巨型八音盒。带花边的窗帘被风撩起，面容白皙的妇人站在窗口，举起一只手轻轻搭在额上，纤细如玉簪的小指垂在一边，好似在拨弄光的琴弦。穿着丝绸睡袍的人们睡眼惺忪地牵着他们的孩子和狗，半边身体裹在蜂蜜一般的阳光里，舒适惬意，被影子割据的另外半身因为弱不禁风而微微颤抖。

"这寒冷的一天，这温暖的一天，这丑恶的一天，这可爱的一天，这香甜的一天，这腥臭的一天，这肮脏的一天，这纯洁的一天，这痛苦的一天，这畅快的一天。这一天又一天，是谁的，是谁和谁眼中的幻景？"祭司在心里默念。

二

峡谷的大雾是天空为了诋毁晨昏法则而散布的阴郁的谣言；峡谷的风是一位擅制蝴蝶的剪纸艺人——谷内至少有七种蝴蝶，大的像女人在夏天挥个不停的折扇，小的常被与飞蛾混同；峡谷中的罂粟常常哭泣，但它们绛黑色的泪珠却会令人狂笑不止；峡谷中的畜栏圈着的不是牲口，而是一群四足的云朵鉴赏家；在峡谷的土地底下，血肉遮不住骨头，骨头箍不住灵魂，祖先像鸟一样飞。

祭司正向着峡谷西北面的黑刺李树林走去。林中有一片坟地。与其说这里是埋葬死人的地方，不如说是种植灵魂的地方，先辈的种子埋进土里结出新生的灵魂——他们的墓碑会生长——瓜熟蒂落，汇入常年笼罩于树顶的云雾中，待到怀胎十月的孕妇以圆满的孕育之力将之从云朵中裁下，带入人间。

星相师正在树下打坐，入定之后，他热烈而又缥缈，像一只火狐自燃时产生的幻觉。奇怪的是，这位正襟危坐的沉思者，却有一道酩酊大醉、手舞足蹈的影子。祭司站在他面前的时候，日头正随着一次悠长的鼻息缓缓升至树梢，星相师醒了。从青年时代起，他就习惯在露天环境中小睡，最近几年尤为偏爱鸟鸣不断的树林。林间温和的秋凉尚不足以败坏他的健康，封闭的室内则会困住他过于繁芜的梦境，使其积存下来，久久缠绕着他。在他的梦里，人有九种性别，他的位置居中，是一个灰色偏男性，面对一个棕色偏女性和一个黑色正男性的求爱，他感到左右为难，而他蓝色无常性的父亲患上了一种不能死亡的慢性绝症，使他被淹没在不能出生的遗传阴影下。

苏醒的一刹那，借助一阵令心头狂跳的危机预警，像是借助映在刀锋上的各自的倒影，他的两只眼睛彼此对望，像一对久别重逢的爱人，难以置信的诧异中透露出深信不疑的温柔。凭借临界状态的视力，在一种一无所见的惶惑中，他望见了一切：预言产生于不见之所见。一个庞大的鱼群向产卵地迁移；一个阿拉伯青年以一个简单的咒语打开了强盗的宝库；在北方，海犹豫着向前走了一步，几个村落便消失了。他已获悉所有，醒来后又统统忘却了。

在这片林间空地的另外一边，少年猪倌斜靠在一棵镀着金光的石榴树下，全身洋溢着直接得自太阳、得自神的温暖。如果他会笑，那么他的脸一定是一片蔷薇色的海，涌出的每一朵浪花都无比欢快。但过度的劳作、粗劣的饮食和卑微的身份，将他的一半面孔变成了铁。他本不该出现在这个论道的场所，但他刚刚去世的母亲只能将他暂时托付给神的代理人，所以从塔底开始，他就跟着祭司先生了。

"我是他的母亲，他出自我，"母亲临终时让他带话给祭司，"但一个夜晚只能生出一道影子，唯有你能够照亮他。"

然而，谁也不了解掩在这副无表情甚至无生机的面目之下的内容，谁也没有掀开过它。他正独享全然的宁静，倾听地球自转时与以太摩擦发出的闷雷。一种属于囚徒的敏感，让他想象着遥远的、无望触及的事物——群星的微光在渐渐融化的雪白油脂中隐现；银河汩汩流淌，肌理细腻如绸缎；露珠离开花瓣，飞过树梢，飞过山巅，越过广袤的空间，停靠在已抬升至天边的夜幕下沿。

时间之海就这样一勺一瓢地被舀走了，这个发现让人既愉快又忧郁。过去的时间越来越多，酿成了一片蒸腾着酒气的沼泽，将来的时间却越来越少，缩成一摊浑浊的泥浆。时间干涸之后会怎样？花儿如何实现向果实的允诺，心脏如何跃动，我们如何存在？他的内在如此丰富，以至于他像一个怀胎十月的妇人，被自己孕育的事物压得抬不了头，起不了身。在祭司看来，这个姿态代表谦卑与感恩。他接受了这个孩子，像天空接受了一朵乌云，将一场风暴的征兆披在了身上。

祭司与星相师的对话方式为他们所独有，他们以此来打磨各自的机锋。

"老朋友，只要将目光对准神秘莫测的天穹，就不得不考虑这个问题：我们怎样才能向更高的存在发问？"星相师说。

"生命就是对于神的提问，我们活着，就是以无知对全知发问。"

"那么，死亡就是答案吗？"

"死亡？没有什么死亡。每一个问题都是不同的，怎么可能共用同一个答案？如果全部存在的意义就是不断索取同一个答案，那提问还有何必要？"

"说不定神就喜欢重复，说不定祂无趣透顶，说不定祂就是如此善忘。"

星相师是肉体与精神二分法的明证，他的魂魄出于一种亲近天空的渴念，与身体不能完全重合——他的视线略高于头顶，有时会影响他对低处事物的知觉，被沟沟壑壑害得跌跌实属常见。

"星辰死去，但在远方的天空中，它仍然活着。其实，它只有死去，才能活着。在我看来，这个现象包含你所指出的这个问答游戏的真谛。"他说。

在祭司看来，眼前这人既是最坚定的有神论者，也是最顽固的无神论者。有一次，他对祭司说："我真想看看，在那个深蓝色的、无底的巢穴里，是怎样一只大鸟在孵化万物。"祭司从来不会因为这种轻浮的玩笑和他争论，更不会大发雷霆，只因他深信这个一心追求天外奥秘的人不可能怀有恶意。星相师天真的本质是亲近神的,只是他并不知道,那些在最远处的,要在最近处才看得到。

事实上,祭司和星相师都爱玩模仿神的游戏。祭司热衷于命名那些尚未被命名的事物,他常犯的错误在于,有些事物在他看来是确凿无疑的,实际却并未存在,于是,许多无主的名字被留在世间,对存在发出无谓的召唤。星相师则会给每个自己观测到的星辰命名,然而,天空太过狡猾,仅凭一道专注的目光,并非总能捕获新的形象,他只是不断地淘洗同一把金沙,却以为自己已积存了无量的财富。似乎只要黎明到来,抹掉夜空的记忆,他就会和这个世界一起忘却。他的每一颗星都有一串名字,它们的坠亡,多半因此发生。

祭司这时突然想起在场的第三个人,猪倌的眼中,泪水蠢蠢欲动。"你想说什么?我的孩子。"

祭司新收的养子在那样的家庭中长大:他们善良,却为善良受苦;他们敬神,却将给魔鬼的诉状投递给了自己;他们恪守贫困如同首要伦理,令生活伏溺于美的血泊之中,为将要从他们身上踩过的任何东西丈量步距。为此,他发言:"我的导师,我的义父,还有您,尊贵的长者。生命是宇宙市场中最闹腾的水果摊子，富人捡走了每一个新鲜的早晨或者黄昏，穷人分食那些烂掉的。尽管后者总是起得更早。睡眠和死亡摆在同一个货架上，卖相好的睡眠被挑光了，最后剩下的只有死亡。穷人买下死亡，暗自窃喜，这为巨人预备的超级睡眠竟然如此便宜？这是他们唯一享受得起的奢侈。要我说，对于穷人，这是最好的答案。"

对话一直持续到阴影再次伸长，日头开始向西沉落的时候，仿佛黄昏向晌午发动的第一波袭击，一只背负金箭的花豹像一道闪电化成的神鸟掠过云端，在将要撞上天空之前跌落在树下。它大张着嘴巴，顺着嘴角淌出樱桃汁样的血沫，鼻孔呼呼地喷着热气，将祭司的裤脚吹得猎猎作响；脊背上的伤口像泉眼似的咕嘟响着冒出带蒸汽的热血，垂死的目光仍有凶神的余威。生命流逝得很快，星相师从它浮雕般的粉嫩牙龈上，辨认出几个本地山区的勾魂使者。随着大口粗重的喘息，它就像一个宿醉的老人，眼睛渐渐快要睁不开，四个蹄子有气无力地在地上划拉，仿佛在梦中游进了一个温暖的池塘。

它无损尊严的终结几乎与它自身一样美。

猎人出现了。挂在他肩头的弓，是一把用鲜血弹奏的竖琴，这弓如此巨大，以至于不像是他拖着它跑，倒像它在驱策他。在它涂了金漆的木柄上刻着半是诗句半是咒语的铭文：猎杀是一种使元素各归其位的善举。这位远近闻名的神射手站在他的猎物身前，整个人就像一座小山，全身的肌肉岩石般地支棱着，每一寸都充满了锋芒，几乎找不到一处圆润的曲线可以让汗水滑落下来。

在这片丛林里，祭司曾与他有过几次相遇，每一次都发现他比之前更为高大。猎人从一个孩子变作一条大汉，猎物也从野兔、獐子变作山猪和花豹。杀戮的诗篇从最初一行直至最近一行，始终体现出一种高度的修辞技巧，并且越来越接近一种经由无数磨砺才可习得的典范性。他的力量、他的智慧、他的意志、他的诚实、他的道行、他的信念与勇气，都凝练在诗意的一击当中。每一箭都全然地显明他自身，包含他自身。

看到眼前这具膘壮的身躯，祭司很自然地想到被剥了皮的野牛，但他已不记得自己何时见过那等血腥景象。除非是在一个有关蛮族祭奠邪神的噩梦之中，在那个梦里他们用一口烹煮眼睛的大锅来代表天空，将新剥下的牛皮铺在锅底代表陆地，以此祈求下一年的风调雨顺。在火光与喧哗以外的原野上，那头从自己的界限中被释放出来的巨兽，血淋淋的肉体仍在发足狂奔，像天地之间一块移动的伤痕，更加显得蛮力惊人、势不可挡，仿佛是它自己从皮里硬冲了出去。它在一种绝对的被抛弃状态下奔向无限远处，像一个被话语脱掉的声音。

"孩子，"祭司说，"七年没见，对于我，这是多么漫长的一个早晨。"

一条乌鸦的河流聒噪着淌过秋日的天空。几个人被同一种灵魂的反应——肌肤接近锋刃时，疼痛将至未至的愉快——揪住脖子，抬起了头，透过秃枝布结的网状窗口望向天际。祭司看到一排移动的字，一行长着心脏和翅膀的诗句，他因无法阅读它而感到羞愧；猎人看到一个温暖的南方之夜，云雾中一弯迥异于北方的雄性之月，在群山之间掘取星辰；义子则看到一个传说、一句教诲："沉默是最为能言善道的事物，可惜它自己却是一个聋子。"比较而言，年幼的人总是相对幸运一些。

猎人用一种过于冗长的方式问候了祭司。从儿时的作揖和憨笑开始，像一个不断添加定语的名词，礼节随着他的成长堆积起来，变得异常繁复。他以规定的词句辅以手势，甚至舞蹈动作代表他个人，他的整个家族——包含历代祖宗灵位——向祭司施礼。然而这一过程越是训练有素，就越显示出他平日的不善言谈。

猎人的灵魂仿佛一张清单，由他过往猎杀的猎物们共同构成，为了表达敬意，他将自己摊开在祭司的面前。他趴伏在地，模仿了九十九种曾被他取走过性命的动物的叫声，一来想请祭司对他的工作有所认识，二来对于他而言，这的确比说话容易。在三位百兽之歌的欣赏者中，星相师越来越像一个幽灵。他一向会在太阳落山之后，将精神抛入于太空。他每天守望着银河，像一位太过操心的医生，夜夜按时检视苍穹的舌苔。面对近在咫尺的死亡现场，他的眼眶里噙满了泪，但这发生于大地上、白昼间的慈悲对于他似乎主要是一种光学特性，是昨夜装进眼里的星光浸透了白果，洗出了晶盐。

"我的老朋友，"星相师只对祭司说，"看来今晚的天空会多出一颗长有花斑的星辰。"

祭司此时察觉他们四人恰好搭起了一个四方结构，天地人神各踞一角，发出不同色彩的射线，交织出棋盘样错综复杂的网格。"老朋友，"他答道，"那位星辰的放牧者会给它准备一套崭新的发光的毛皮，让它从此再也感觉不到寒冷。"

傍晚来临，林中无人察觉他们的影子已淡得像一缕轻烟。星相师首先感到一种有关"逝去"的困惑。对于自己的不真实性，自己的虚构性、假设性——找不到自己的事实依据或只能找到表面的依据——目光扫过一个人时将他画出来，目光经过之后再将他擦掉。只有夜空给他提供一种纵深，自我在其中消失，并借消失为自我提供反证。

"有一种使人不寒而栗的东西，一种使人畏惧的司空见惯，"星相师说，"一种日常的异常，一种已知的未知在困扰我。但并非死亡，也不是死亡的近似物和替代物。它先于死亡。当世上第一次有人死去，其余的人由此获得了与死有关的知识，它便被死亡流放。但这退位的恐惧之王，从未被真正遗忘、死亡，这最为极致的民主机能，推倒王权，却保留了王座，任其空着，并借由空继续施以恐吓。"

"不，我的朋友，"祭司给他回答，"死亡是神的知识。我们从未懂得死亡。更加谈不上共识。死亡不可传达，它是握在神秘手上的一棵烫手的山芋。它怎样由一个人教给另一个人呢？不知有死者对于死自有他们的阐释：一个睡着的人未及醒来便腐烂了——他们畏惧的是腐烂和令人作呕的臭气。"

"猎物们懂得饥饿，因而懂得死，"猎人插嘴说，"他人的饥饿，世界的饥饿，意味着它们的死。"

垂死的花豹，栖身于林莽的肉体金矿，向突如其来的北风借来了呼吸。触电般地跳起，像是在一片生满长发的大地上狂奔，与一种太过柔和的危机温存缠绵，不断被削弱，在奔跑中歪向一边，塌方的下颌限制不了舌头鞭子似的左右摆动。在一个突然被打开的空间里、一个超越方向感的维度里，它以身侧亲昵地挤靠地平，参与到整个星体的旋转中，惊喜地发现自己得到了一种致命的舒适。伤口愈合，金箭像泡在醋里的鱼刺被血软化，被脊髓吸收，成为一截拖在体外的血管、一段再生的脐带。似乎终于心满意足，它跌倒在地。如同躺在一种发光的泡沫之中，在无限的蓝色浴缸里合上眼皮——浮云洗掉了它身上的闪电。

日间的求生戏剧告一段落，生命暂时（或永久？）关闭。黑魃魃的树林像一支高举长矛的方阵，齐齐吐出憋了一整天的浊气，风声呼呼，掩护偷盗时辰的窃贼轻巧的脚步。每一只耳蜗深处，都有一场精灵的地下会议，每个人听到的都是同一些声音，重复相同的议题、类似的争论。只可惜在自我的内陆留守的尽是一群阉掉好奇心的失聪者，就连意见暴君的怒吼也在一味虚耗中沦为语焉不详的顺民。他们停住嘴，抬起头。天空向下降，地面向上升，以抿唇的口型在两字之间嘘出一个沉吟的哨音。结着鸟巢与蜂巢的枞树，像一群高举着襁褓的闯入者，草丛中的蛇卵纷纷破裂，仿佛焚烧知善恶树的噼啪声。夜行动物倏忽出没，如同一阵肉箭，在暗处四下蹿射。

在长期被用于陈列阴影的树林里，黑夜会逗留得更久一些——它来得早，去得晚。又过了一阵，黑暗才先后灌进峡谷中的其他各处。圈里的马儿伸着脖子，对着月亮嘶鸣，像一些巨大的兔子，在泥泞中上蹿下跳；从某个不知其所的方位传来郊狼半像笑半像哭、听起来既滑稽又邪恶的嚎叫声。野性的、驯顺的动物汽笛在各处拉响。夜像一个穿黑褂子的狱卒，把人关在墙壁里、拴在炉火旁。仿佛一个魔法，领土塌缩到灯下的一张地图里，人们不再身在其中，只能观望着，在心底暗自摸索着，如同伸手够着天上的那些动物或人脸形状的云朵。

四人沉默了半晌，似乎这些谈论死亡的语言能够让语言死亡。是回家的时候了，饥饿和炊烟——妻子和母亲的两位信使——早已到访。他们相互道别，然后起身，并肩离去。在坟地的边上，祭司停下了脚步。星相师是最先察觉的，他若有所思地说："我看见有什么东西在闪烁。你那对一向明净如洗的黑葡萄，怎么会酿出这样酸涩的目光？为什么不是在黎明，而是在夜晚，会有露珠在你的眼眶里发光？我的朋友，看来你一定有事要说，而且已经犹豫很久。"

猎人，一个思想上的口吃者，像勒住缰绳似的，将刚伸出的一只脚缩回来。他眼神里的困惑借自一只吃草的幼羚中箭后的茫然——仿佛散发出一股懒洋洋的、与子宫和奶水相近的甜腥味。猪倌则似乎早就洞察了一切，他神情苦涩但安详，所表达的无非是等待和接受。在他的人生中，每一刻都是无常。

"我将远行，"祭司说，"将我的问题带给神。诗人将成为我的向导，他见多识广，在无数个世界之间穿行，鞋底沾满几万几千种泥。他将带我走过僵尸小镇，镇上的人全都翻着白眼，像海马似的弹跳前行。他会以某种天赋的臭气迫使他们吐出吃下的眼球、手指、生满毛发的头皮，以及装在胃里的所有罪孽，从而全身而退。他曾在一个两片人的国度取得了一项价值高昂的专利，关于一种可以有效保护内脏、防水性和透气性上佳的贴身内衣。绝不让任何一具身体成为秃鹫的餐桌。我们也将经过那里。"

"最后，我们将看到，一个巨大的原人倒卧在生命尽头的广阔原野，芸芸众生都源自他的分裂。他粉碎成为所有主要和次要的人口、高级和低级的阶层，所有粒子均衡、平等地涌入尘世，却被引入不同的河渠，或清澈、或浑浊、或浩荡、或狭仄、或喧噪、或寂寞。他没有死去，但也并未活着。他不断瓦解，不断流失，又被不断返潮、不断汇流的灵魂重新充实。我们径直走进他的心脏，这旅行没有方向，也没有里程。心脏之中还有心脏，我们不知在何处停止，只知道在脚步被耗尽之后，我们终将与神会面。"

祭司已经很老了，他等待着这份召唤，已经等了很久。他要结束问题，进入答案。他一直在要求着，催促着那场最终的解惑。他的遗言太过抽象、太过抒情，又来得太过突然，令人猝不及防，使在场的几人倍感难过，甚至心里有气；让他们想要皱起眉头，摇晃脑袋，放冷箭似的对他讲几句丧气话。但现在还有什么话能够令他丧气呢？所以一切料想的回应都未出现，大伙儿不置一词，有的只是哀悼的气氛。他们吃惊、悲痛，但很快就明白，对于一位祭司来说，无论哪一种情绪都与此刻极不相称。友伴们只想在他生前尽最后的义务，用沉默为尚且活着的他举办一场极简的葬礼。接着，他们就不声不响地离开了，如祭司所愿，将他独自留在存在的最后一道门户之前。

他看着他们在环绕峡谷的山道上移动，仿佛沿着一个盘子的边缘旋转，变得越来越小，到后来，就像几颗豌豆一样，顺着下坡滚到了盘底。那里是他出生的小镇，装满了道路、房屋，以及可爱如甜点般的花坛。一路上他们不作声，与其说在思考，不如说在惭愧，因为自己的不死而惭愧——在将死之人面前，所有人都自觉是永生的。祭司再也看不见他们了。他只能将最后一句话说给自己听："那使远方之为远方的究竟是什么？一个沿着自己掌纹奔跑的人，他的双脚能适应那片可能性的原野吗？出发吧，像一个自由的人，像一只候鸟，像一个被携带的、被动的人，不假思索地，像一道在黑夜里逡巡的亮光，宁静地，避免打扰地，比风还轻地，掠过。"

祭司闭上眼睛，等待着终结旧梦的疲倦为他指引新的门户；他盘腿坐在天地之间，像蚌壳里的珍珠，渐渐发出一种彼岸的光芒。名与相之间那道不可逾越的断崖，此刻被他一跃而过。他已进入说出即存在的境界,即神的境界。在这个时候,只要他不亲口道出那个"死"字,他便是不死的。然而,他发现自己站在两面镜子中间,无数个自我在浮光掠影的走廊里堆积。他知道,镜中那看似无穷无尽的通道——时间——并不通往任何处所,它只是在自身中反照自身、复制自身,成为自身的幽灵、自身的泡影。

祭司惊恐万分,但很快镇定下来,他听到自己以前所未有的庄严语调说:"死。"于是,他便死了,正如那以言创世的、那必须首先说出"死"字的神早已死去。

妻子或无名的海伦

妻子关上窗，拒绝了月光的善意。她总在拒绝，否定的精灵[1]吃掉了她的心。

她不流泪，这是个奇迹。无人留意，但确实是奇迹。她曾经很爱流泪。也没有太多流泪的理由，就是自己常卖力打动自己。那时的她容易悲伤，也容易快乐，觉得自己可怜，也觉得自己可爱，现在不了。现在的她只会冷笑——一种被厌倦磨得雪亮的表情。

尤物或者怪物，此外，没有第三种女人。

孩子在哇哇大哭，但她并没有马上搭理他，而是先抱起他来看了一会儿，对这只怪模怪样的幼兽第一千次感到好奇。他就像只拔光了牙的狮子，恶狠狠

---

[1] 歌德在《浮士德》中将魔鬼摩菲斯特称为"否定的精灵"。另外，在古印度哲学中，为逻辑推演的需要，有一个名为珀欧潘克什的虚构人物常常出现。这是一个对一切说"不"的人，只要有人说"是"，他便会立刻出现，予以否定。

地咬住了她的乳头。她皱了皱眉头，闭上眼睛。

夜深了，浸泡在桑葚汁中的月牙吸饱了流云，进入黑甜的梦乡，心满意足地享受宁静。妻子独自坐在墙角的阴影中，轻柔地，专心致志地按捏肿胀的胸脯。羞耻和快感，内疚和恨意同时从心中泛起。她突然发现自己似乎在玩弄自己，着实吓了一跳，接着又觉得委屈，终于咬了咬牙，站起来走到窗前。

她没有任何期盼，但窗口和等待的影子，这个组合有某种庸常的合理性。觉察之后，她不得不马上后退两步。街上没有行人。他曾经说过，这是属于他的时刻，在这一时刻，世界被归还于他。他不统治人，他统治空。

许多个夏夜，她和他就在楼下的街角碰面，携手走过半个城，与萤火虫同时抵达河边。之后，他们就在河沿的石阶上坐下，直到衣裳被露水打湿才会离开。他对她说话，什么都说，从当晚的星象讲到先哲的思想，从童年的玩伴讲到无常的感伤。沉默的时候，他的眼睛总是望着远方。她想，这人多么孤独啊。

后来，她跟他结了婚。他们做爱，他有时温柔得让她难过。就好像，他不允许她在他的怀里土崩瓦解。

他们还会去河边散步，遇上大大小小的桥，他们会走上去，站在桥头看船。船夫会向他们问好，接着就转过头，像是再也不打算回来一样，划着船，慢吞吞地驶向火红的夕阳。背影是这座城市最美的特产，这句话是他说的。他的话总能勾起她十倍的想象。比如，她会联想到一次背影的大丰收、满坑满谷的背影、摆摊出售的背影纪念品，这让她发笑，也让她迷惘。

多数时间，他不说话。

婚后，她稍稍调整了自己对他的情感，想以适度的依赖和管制来代替以往对他的单方面崇拜。她渐渐地进入了妻子的角色，时常温和地挫伤他少年心气的孤傲，揭穿他的虚荣和赌气似的自负。他在社交方面有了不可估量的成长，越来越受欢迎，她又担心他过于收敛，失去做人的锋芒，便想方设法激起他的好胜心，叫他在平易近人的同时保持特立独行，不与才智远不如自己的人为伍。

不得不承认，她将他塑造成一个无可挑剔的男人，哪怕他从不属于她。

那时的妻子，认定女性有美丽的义务。她谴责那些刻薄和庸俗的妇人，但也对她们充满同情。她说，让自己可厌可憎，对于本应追求迷人风韵的造物，实在是罪无可恕；但她们之所以犯下罪过，多数只因无力履行义务。对此，他并未表示反对。

她美，她可以坚持某些幼稚和特殊的观点；她美，他理应爱她，这是他和她的共识。

房间里没有点灯，妻子站在一片黑暗当中，但她知道，对面墙上挂有一面镜子，椭圆形的银镜框上雕满了象征贞洁的荆棘。过去，她常站在镜前，一边欣赏自己，一边等他。经她眼波一触，坚冰般的镜面便化开了，亮晶晶的、小小的水银之海荡漾着，温柔地托起她微笑的面容。通常不用太久，他就会出现在她身后，拥着她，赞美她。如今，镜子在夜色中凋谢了，而且在很久以前，就已因她的遗忘而黯淡了。

早先她还没有学会嫉妒——这种情感属于堕落的神、退位的王、折翅的鸟，是青春的剧毒，是妻子的炼狱。她知道他一直为另一个女人写诗，但他为她本人写的诗才真正让她痛苦，因为在其中找不到对应于她的特征，她无法认领。另外，更重要的是，它们竟如此平庸，与他的才华毫不相称。

至今她仍觉得，她不会嫉妒一个死去的人、一个大半被虚构出来的人。她不会嫉妒一种理念。

他越来越频繁地带朋友来家中做客。他本人、他的家，甚至他的妻子都带有示范性。换句话说，在这个家中生活是一种公共事业，需要磨砺技艺。她会以周全的礼数迎接客人，摆出得体的坐姿陪侍一旁，特意让自己悦人眼目，尤其是，要惯于营造并保持迷人的、散发着神秘感的浅笑。

他的朋友并非都是正人君子，或者说，并非都是善于修饰兽性的人。有的人会在她身边失魂落魄一整个下午，舌头打结，在大冷天淌汗，把茶水泼在腿上。有的人则刻意忽略她，梗着脖子说一本正经的话，却连转过头看她一眼都不敢。此外，也有些胆大妄为的人，趁他并未留意的时候，用粗野的目光轻薄她。他们盯着她的胸脯、脖颈、嘴唇，故意对她显露他们的渴望。有一回，在行吻手礼时，一位客人用脸上的胡茬蹭她娇嫩的手背，令她浑身战栗。后来，她躲在房里哭了，觉得悲伤、恶心、兴奋。这些都是秘密，他从未发现，她从未提起。

当我们说某个事物具有罪的特征，我们说的其实是，它使我们沉醉，妻子想着，因为快乐对于我们并不适宜，只有受苦是正当的。她已习惯了受苦。这个悖论是怎么成立的呢？她又想，习惯不是意味着某种舒适吗？因为"习惯"，就连受苦也不再正当了吗？

他从不与她争吵。不擅争吵，这是一个家庭的悲剧性缺陷。与其说，一个家庭靠情感维系，不如说靠口角维系。这是她的朋友告诉她的。是的，她有几个过从甚密的女伴。她们会在一起梳理多彩的羽毛，也会偷觑别人羽毛底下的疤痕。

她们的交往之道如同魔术，在安全的社交距离，她们微笑，不遗余力地表演幸福；在最亲近的小圈子里，她们哭泣，她们咒骂，她们怒吼，毫无保留地分享各自的不堪之处。

不幸的人才有朋友，朋友的不幸让友谊有用武之地。她们把生活劈成两半，一半是陌生人的极乐岛，一半是知心人的伤心地。她们像一伙儿遭了船难的人，谁也不挣扎，只紧紧拥着彼此，因为能一同下沉而歌唱友爱的甜蜜。

她们在孩提时代就相识了。她们的情谊根植于一些再也无人提起，甚至无人想起的秘密。她们还在一起，是因为小女孩的幽灵还未结束游戏。对她来说，她们代表着他不能参与的那部分生命。她为此难过，但她无权对他发出邀请。事实上，她也邀请了，挑起争吵，就是他从未介入的那半个她的僭越之举。

他的世界里也有她无法涉足的黑暗大陆。许多个夜晚，妻子守着枕头，就像守着一座空空荡荡的码头，只能远远瞭望他，瞭望一片不知意味着离去还是归来的帆影。他坐在烛光下苦苦抵挡睡意，勉力呵护转瞬即逝的灵感，像一只蝴蝶在破晓时分拿翅膀掩住花瓣，妄想孵化露珠。

那时的她保持着绝对的安静，她制造了似乎根本不可能的声音真空。可她并非自愿，即使她辗转反侧，即使她假意发出梦呓，即使她抽泣，对于他，她也是绝对安静的。

她将她的密友介绍给他，就像牵来宇宙另一端的珍禽异兽，想叫他对她身上的陌异时空产生探究的兴趣。但，或许他对她的勘测已经结束，他不信还能有所发现；或许他认为，妻子的朋友是丈夫的天敌。看到她们在一起，他只会小心地避让，礼貌地告退。她想，多半还得怨她的友伴们无知浅薄、自以为是、言辞无味。即使面前有一座金碧辉煌、铺满玫瑰花瓣的圣殿，他也不想由这条闲言碎语砌成的小径走进去。

她爱他，因为不能把自己完全交给他而难过，甚至觉得，他不愿触碰的那另一半自己还是处女。他使她吃惊地发现，她的朋友不但愚蠢，而且没有灵魂。她们之间的关系，不像她过去以为的那样引人入胜。

她减少了和她们的往来。她学他的样子沉思，她以为两个沉思的额头终会碰在一起。

在那些春日的傍晚，云朵如胭脂，天空如少女。对着镜子检查过妆容，妻子便一个人出去散步。他将白天交给了公众，将夜晚保留给自己。即使是日与夜的间隙，也被他用于放飞密涅瓦的猫头鹰[1]了。她并非不能习惯他的缺席，但作为一个妻子，真正让她难堪的是，她必须挽起一片空虚。

她路过广场喷泉，那些石头海兽和赤身裸体的神灵在她身边默不作声地吞吐金色的泉水，在他们脸上，她看到了永恒的怜悯和忧郁。她比以往更深切地意识到自己身陷于人群之中。不知为何，这一发现激起了她的好胜心。她稍稍抬起下巴，从情侣、流浪汉和卖花的小男孩之间穿过，尽力以最优雅的脚步回报他们的注目。她穿过爬满葡萄藤的凉廊，在其后的第三道门前停下来，看一眼右面的教堂钟楼。天这时要黑了，城市上空有天使飞过。再走过一道缓坡，就到河边了。她走上石桥，望着河面。船夫向她问好，她已无力回应。一路上，她都保持着一个妻子、一位夫人的姿势：用手臂在肋边摆成一个被脱掉的指环。

1　密涅瓦的猫头鹰，出自黑格尔在著作《法哲学原理》中使用的精彩比喻。

终于有一天，她不再散步了。

家中的女佣成了妻子最熟悉的人。当她安静地坐在绒布面的扶手椅里，看着一个桌角、一个茶杯、地毯上的一道压痕，或一只被困在灯罩里的飞蛾的时候，清洁的精灵在她的周围翩翩起舞。她越来越爱看她，她似乎在以优美又高效、轻灵又有力的动作对抗时间：它想给一切蒙上灰尘，而她不允许。

有一天，在女佣掸完书架之后，女主人劝她歇一歇，喝杯茶。这一位委婉谢绝了。但没过一会儿，那另一位再次建言。终于，一贯顺从的人顺从了。自那以后，她们每个下午都会一起喝茶。下人也学着贵人的样子，以优雅的动作拈起一块杏仁饼，在茶里浸一下，再放进嘴里；而那位贵人呢，下人讲的故事比神父的布道词还要合她的心意。

她听她讲她怎么挑选物美价廉的面粉，怎么对付老鼠，怎么像舞台换幕一样巧妙地让各种厨具餐具轮番登上厨房的台面，怎么给倔脾气的山羊挤奶，怎么讲价，怎么打发不依不饶的乞丐。偶尔，女佣嘴里会蹦出一两个她不解其意但无疑十分粗野的词语，不过，这非但无损那些午后闲谈的魅力，还为之增添了一分迷人的禁忌色彩。她听她讲那些下人们的新奇事，心情就像小男孩听伤残的老兵讲述他曾亲历的遥远战争。

妻子还是待在家里,但不再等他了。她的存在不再是一个矢量。她变得爱说话,也爱笑,就好像飞逝的光阴将碎浪溅在她的嘴角。但在那些用欢声笑语也填补不了的沉默的间隙,在那些笨重得无法起飞的时刻,她常出神发呆,或是在抵抗一些不可告人的怪念头,或是在这些念头已经无法阻挡的时候,逃避严厉的自我谴责。

有一回,她发现自己竟盼着丈夫早出晚归,想将他逐出她的生活,她的愧疚几乎杀死了她;但随后,她就用一套玩世不恭的理论给自己解了围,还学着浪荡子的口吻,在心底取笑每一个依恋丈夫的女人。

还有一个更可怕,也更防不胜防的念头。她看着女佣在家具之间辗转腾挪,仿佛游鱼在礁石之间穿梭,与他凝滞在书桌前的身影恰成对比,便不禁想到——他那个伟大的宇宙,可以将无数星系像尘沙一样兜在其中,但偏把他困住了;而这个年轻又无知的姑娘,却能在盒子一般大小的家务宇宙中游刃有余,不是以头脑,而是以身体勘破了自由与无限的秘密。难道全部科学与人文的辉煌成就,只不过是不擅劳作之人的自寻烦恼?

她被吓坏了，觉得自己正在失去精神的贞操，觉得自己正向火刑柱靠近。尤其是，她觉得自己正在失去对他的崇敬，因此觉得他可怜，觉得自己残忍。她在自己的内心建了一座城楼那么高的告解室，然后躲在里面喃喃自语。她要忏悔，也要不惜一切代价藏起她的忏悔。

他上楼梯的脚步声会让她心惊肉跳，他脸上流露的那种普罗米修斯式的辛酸，让她和那只被迫以神的心肝为食的猛禽一样，被那些强韧、火烫的血肉弄得五劳七伤[1]。而最要命的是他的微笑，即使那微笑中带着嘲弄，带着对她的轻蔑，也依然是世间最为清白无辜的微笑，她根本无力承受。他的不知情，过去被她看作漠视一切，现在则被她看作宽恕一切：既宽恕她的过错，也宽恕她的死性不改。

她发觉自己太执着，就否定执着，可接着，又发觉自己太执着于否定；她不再区分苦与乐，而是在两者之间持续振荡，像一个情绪上的瘾君子——"成瘾"

---

[1] 普罗米修斯的受难拔升了他的崇高形象，使他赢得了所有的尊敬和同情；在同一个神话当中，宙斯作为一个压迫者，作为残暴的权力化身，受到应得的指责和憎恨。然而，几乎没有人注意那只负责行刑的鹰，事实上，作为一个工具化的肉身，它与多数人的生命状态更为接近。

的状态意味着混淆了"享受"与"折磨"。

如果失乐园的故事,至少在象征层面属实,那么人之所以出生,就是为了受罚。也许只有采纳这种解释,才能说明快乐为何总是如斯短暂:快乐是对刑责的逃避,只会使人罪上加罪。

快乐只是倾诉的序曲,是舌头与耳朵的蜜月期,语言的最终流向是忧愁——一片广袤的蓝色领域。是谁起的头,已经说不清了。总之,她们开始觉得词穷,开始觉得仅仅取悦对方太过肤浅,于是就在嬉笑中加入一些严肃的讨论,有关生活的真相,有关命运的曲折。后来,她们开始以自己举例,开始谈及具体的烦扰。再后来,诉苦的时间越来越长,原本轻盈得仿佛长了翅膀的对话变成了一台两边总也无法等重的天平,被不断增加的砝码压得俯伏在地上。

假如你相信最终的美满,相信这个永恒的承诺——它的永恒性不仅在于它的永不作废,也在于它的永不兑现,它与永恒一同潜伏在永不到来的下一刻——这尚未存在的美满就会像那些天上的事物一样,将皎洁的倒影投在晦暗的当下。于是,不幸与痛苦便稀释甚至溶解在镜花水月中了。即使不能溶解,也只能给美满留下一点瑕疵。可如今,她不信了。她们都不信了，她们在对方身上照见了自身的匮乏。

生活的海市蜃楼崩塌了。

她不愿再听她讲故事了。她也发觉了。妻子继续看着女佣在家具和墙壁之间忙碌，但不再能从中看出任何美感。这具因长期操劳而略带佝偻的身躯根本无法起舞。她们心照不宣地取消了两个人的下午茶。

那以后，她时常发呆，变得寡言少语。

有一天丈夫回到家，突然一脸吃惊地告诉妻子，她真的好憔悴。他的表情，他的口吻，仿佛是许久以来第一次发现她。她则扑进他的怀里大哭起来，仿佛失散多年以后终于寻回了他。她想，她要把一切都告诉他，既控诉也忏悔，绝无隐瞒。可她缺少经验，不知道这些汹涌的、野蛮的、亟待冲口而出的东西，来自一股自然力，而自然排斥语言。她张口结舌，凑不出一个完整的句子，像所有劫后余生的人一样，坠入失语的绝望。她尖叫着，但出不了声：不，根本不值一提，什么事都没有发生。而他呢，他说"嘘"，然后温柔地抚弄她的身体，用自然化解自然。他们做爱，她如初夜般惶惑，也如初夜般甜蜜。

接下来是一段康复期，生活得到粉饰，有了医疗场所应有的洁白宁静。他们有意识地增加相处时间，制造共同话题，因彼此歉疚而彼此迁就，约束灵感与遐思，苦心经营一种庸人的幸福。他频频送她玫瑰，将一束束鲜红的旋涡递到她的胸口。她接过它们，任由自己被卷入层出不穷的象征。

她挽着他出去散步。他们沿着河畔的青石小径从傍晚走到天黑，用脚步弹奏他们的城市。听曲的是那些船夫，他们被一支永恒的、悦耳却无趣的旋律送往水天相接之处。看啊，所有的背影都在那里被夜回收，包括他的和她的。

她又在读他的诗，他写给别人的诗。她想借他的才华重新树立家庭的神衹。那些散发着珍珠光泽的句子教给她一种爱的二分法。枕边的妻子和天上的少女，分别表征肉体和灵魂、现实和理想、世俗与神圣、此世与永恒、繁与简、重与轻。她用针扎指尖，挤出一滴野葡萄般的鲜血，带着些痴迷，凝视自己身体中最娇艳的成分。她是红色的。高高在上的那个她则是银白的，他用笔尖点触她的皮肤，便会有月光流出来。

男人在书写，女人在流失。她和她，她们是两种不同的墨。

妻子想起，第一次看到经血，自己吓得几乎昏厥过去。这种恐惧的来源，也许是面对创伤和死亡时的本能，也许是祖先们残酷的丛林记忆，但首先是触目惊心的污秽。她仿佛看到一只大手在腥臭扑鼻的血泊中攥起一把泥土，抹在一根惨白的肋骨上。她觉得，神存心羞辱女人，才将她们创造成如此不洁的生物。

是的，她看待命运一向悲观，从不相信天意的眷顾。

即使有一天，月经并未如期到来，她也不会感激这意外的赦免，只联想到潜伏在身体里的阴谋。医生作出诊断，向她道喜。她怀着理应是快乐的悲伤，和理应是甜蜜的苦涩等待一个未知的人，一个正在缓缓占有她的、来自彼岸的乘客。她站在自身的情感对跖点上，被理应到来却并未到来的一切死死拴住。她逃不掉了，干脆全盘接受。

妻子带着对生命的厌恶孕育生命，正如她带着对食物的厌恶吞吃食物。她胖了。这肥胖不属于她，这不是人之肥胖，而是妖魔之肥胖。某种强行进入她的东西缓慢但野蛮地将她撑开、撕裂，童话之美以最极端的形式被性瓦解了。

对着她，镜子投射出一种恐怖的光明、一道残忍的凝视，烫伤她，也吸引她，叫她忍不住要去见证这个关键性的转变：爱美的天职被更替为生育的天职。仍在继续扩张的粗大毛孔，浮肿得近乎透明的皮肤，血红的鼻头，古怪地胀大的鼻翼，一切都蕴含着丑陋的、令人不安的色情暗示；口腔和鼻腔里，长时间充斥着一种淡淡的、腐烂的有机体的气味，一种畜栏里的气味。她正在溢出自己。

美貌并未完全消失，但被非人化了，她被临时地与母马或母羊嫁接在一起。在这一阶段，女人被生理完全统御，被还原为一个肉身容器。从这个角度来讲，她和风烛残年的老人一样接近尸体。

既然神叫她什么都做不了，只给她恨的权利，她就恨。但因为衰弱，连恨也表现得近乎温和。

他以值得称道的耐心陪伴她、照料她，对她迁就到了让她鄙夷的程度。她有时哭泣，有时对他有气无力地喊叫，但更普遍的情况是，她微笑着，以明显不太适当的积极插手本该由他人代劳的事务，并且有意表现得更加笨拙，就像一件大肚子的瓷器，以蹒跚的姿态在桌子边缘徘徊，以自行生产和调节的危机对他实行一种游击队式的打击。她在削苹果时切伤手指，在打井水时跌坐在地，甚至不止一次被门槛绊倒。他整天冷汗直冒，魂不守舍，但就连责备也不得不带着讨好。她总是得逞，总是胜利，这在以往是不可想象的。

不过，她没能继续。坐在宇宙中心的临时王位上予取予求，只会让单方面的复仇游戏变得越来越乏味。她仍然摔倒，仍然频频伤到自己，但只是因为真的累了。

维持恨意要费很大力气，疲倦的人容易滋生柔情。妻子越来越觉得，将他的奉承和抱怨统统当作爱来回应，会比较经济。还有另一个过程也在同步发生：起先她的肚子只像一个坟包，她不敢相信里面住着活人；但后来，她分明感到有个微弱的火苗在勃动，在慢慢生长，虽说这是黑暗的生命，是在"要有光"之前的生命，但依旧是不可否认的生命。

这一团没有几何轮廓的、岩浆般的血肉还不足以萌生甜蜜的憧憬，却让她定下神来等待第二个心跳的来临。这种隐秘的调谐包含至理，在一具肉身之中辟出了天堂、炼狱、地狱和灵薄狱。

男人太可怜了，他被排除在外，唯有脱掉自己，成为一个赤裸的灵魂，才有可能向这个境界趋近。

妻子终于作了决断，要为从未成立的对抗寻求彻底的和解。那是一个神奇的弥赛亚时刻，让女人也有机会成为基督:她顺从了,她要打开胸膛接受丰盈的乳汁和一颗母亲的心。

之后的几个星期,她的身体变得越来越沉重,如同一颗果实在美杜莎的目光里成熟。

在他的搀扶下,她拖着自己出去散步,步态像披枷戴锁的死囚。每走几步,就要停下来休息一会儿,深呼吸,仰望天空,用失去焦点的目光搜寻燕子和鸽子之类轻灵的造物。一个瞬间像一支羽箭一样射穿了她,她跌落下来,额上冒出细汗,身子却瑟瑟发抖。在一个黄金般明媚的夏日,妻子被漆黑的马车送回了家。世界摇晃着,仿佛一艘船。阳光越是灿烂,她就越发暗淡,眼看着,她就要溺死在一面镜子里了。

在昏昏沉沉之中,妻子觉得有一整条河在她的身体里翻腾。再次睁开眼,她看到自己搁浅在一张床上。稳婆来了,他走了。他留下她独自面对肉体的深渊。

疼痛夹杂着被车裂的恐慌向她袭来,身体的各个部分仿佛不再是协作关系,而是正在彼此分离。妻子觉得自己爆炸了,而且这一过程还是以令人难以忍受的慢速来实现的。她像头受伤的野兽,叫喊着,哭了起来。然而,比疼痛更可怕的是疼痛的中断,她无法去习惯疼痛,只能在疼痛消失时绝望地等待。这种等待否决一切行动,她连哭泣都做不到了,只能屏住呼吸,听凭心跳像一把钝斧子,一下一下地剁她。

一个苍老的声音反复催促她:"用力,用力;喘气,喘气。"母性是最为无助的英雄主义。孤独的士兵,在没有战友也没有敌人的阵地上,一次次冲锋,又一次次撤退,仿佛海与岸都拒绝接纳的潮水。阵痛中,价值感和神话色彩在渐渐消散,被胁迫、被鞭打的屈辱感点滴累积。

破晓时分,孩子降生了。稳婆为她擦去汗水,然后拉开窗帘。日神归来,结束了一整晚的狩猎,天际洒满群星的鲜血。

她很平静,没有情绪,只有一种幸存者的基本认知:她还活着;尽管活着,但只是一具活着的残骸。她们把婴儿举到妻子面前,她却闭上眼睛,假装睡去。

她不想马上投入那戏剧性的一刻,想留在方才那阵近乎顿悟的空虚里;她不想马上认领那具柔软的小身体,她以为自己只是排出了一团会号哭的粪便而已。

他现身了,欢笑着捧起孩子,不出所料地洋溢着初为人父的幸福。他给了她精心调制的一吻,像酒也像蜜,既作为安慰,也作为奖励。她本该悲愤,本该对这种不公正的混淆提出抗议。可实际上，她露出了疲倦的笑脸，双眼微闭，用脸颊轻蹭孩子雏鸟般的头颅，艰难地抚摸丈夫温热的手臂。这是更高的意志早已规定好的程序。

妻子在床铺和窗影中躺了几天，又被专为哺乳制订的食谱囚禁了几个星期。奶汁汹涌而至，弄湿了睡袍，留下些难堪的印迹；偶尔尿液会渗漏出来，在床单上洇开，她总是事后才会察觉。

房间里飘着一股介于羊膻和蛋腥之间的骚味。她已经狼狈惯了，不嫌室内的空气污浊，还觉得有些好闻。

他陪她下床行走。他们按过去的路线，穿过广场，经过教堂，沿着河边走到桥上。妻子的目光中发生了某种只有她自己知道的、根本性的逆转。她像猫一样四处张望，惊恐地看着那些她过去几乎看不见的人。那些不是通过被光照射，而是通过被光刨除，才得以显现的身影。那些流浪的人，那些贫苦的人，那些垮掉的人，那些衰老的人，那些残损的人，那些倒下的人，那些正在消散且最终也不会留下痕迹的人。

她认不清他们的脸，正如她认不清死亡；她只能阅读他们的眼睛，正如她只能阅读被时间焚烧的生命。

那些枯涩的眼睛，那些灰暗的眼睛，那些充血的眼睛，那些流脓的眼睛，那些无法转动的眼睛，那些常年在泪水里浸泡着、渐渐腐烂的眼睛。

她的生活并没有改变，但被翻了过来。她住在房子的反面，坐在镜子的里面。他不知道她距离他有多么遥远。他只注意到，她化妆的时间更长了。毕竟不久前，她的身体曾像豆荚一样爆开，她需要多下点功夫修复自己：这是他的理解。她却把脂粉当作创伤的隐喻：妆容之美，美在它精确地描摹了内在的伤口。

她想要的性感，不是惹人亲近，而是令人畏惧。她想要的性别，不是一个猎物，而是一件武器。所以，她让眉眼和嘴唇以触目惊心的方式绽开。

如今，妻子在访客们面前端坐，庄重得像一幅遗像。他们几乎不敢直视她。这是她自己未曾预料到的好处，因为有过极致的尴尬，她不再感到尴尬，因为有过极致的羞耻，她不再害怕羞耻。事实上，生育还治好了她的洁癖。

她冷淡，平静，不迎合，不退避，遥不可及，无懈可击。没有一个男人能冒犯她，没有一种轻浮能触碰她，没有一颗诱饵能钓出她内心的娼妓。

尽管她并不喜欢这样的自己，但也不讨厌。她想开了，对于自己，不需要好恶，只用尽喂养的义务就行了。对于她结出的果、割掉的肉，也同理。

孩子像一条拴在梳妆台旁的狗，睡觉、打滚、吃奶和发怒。有一天，他突然学会了站立。回想起来，对于她，他有些像广场上的乞丐，既可怜又危险。他无疑自私、疯狂、贪得无厌，给他一次施舍，他就会变成嚣张跋扈的海盗。但她的身体偏又是为了满足他而存在的——或许还有别的目的，但她早已忘记——这让她陷入一种奇怪而多变的主奴关系。他掐她，咬她，诅咒她，抚摸她，亲吻她，戏弄她。她打他，踢他，逼迫他，拥抱他，嘲讽他，冷落他。他们从不需要达成和解。

对，这就是爱。如果你想要爱的话。

然而，她的男人曲解了爱。对于升华的迷恋让他拒绝将未经阐释的事实纳入爱里。生活固然并不真实，他们都在梦游，死去才能醒来。但他偏偏认定爱具有双重甚至三重语境中的真实性。这让他不满足于虚构，也不满足于生活。他脚下的世界是一块顽石，他倚靠的世界是一滴露水。

他用才华抢救梦，在他的笔尖之下，悬着从破碎的夜空漏出的星辰。这本来值得称许，可它们越积越多，越来越重，终于还是坠落了，一触到坚硬的现实就化开了，给冷酷阴暗的冰面镀上一层水银。于是，除了光明，他什么也看不见了。

他抱着从她内部挖出的粉色肉团，像抱着一颗蠕动的花生，可笑而且可悲。他对天真背后可怕的非理性一无所知或是视而不见，那种自欺的柔情非但不是来自生活，还必定排斥生活。他对他的亲昵既像猴子也像圣母，不但极为悖谬，还有性倒错的嫌疑，让她鄙视，甚至恶心。

应当追求甜蜜与崇高，妻子想，但追求缘于匮乏。换句话说，生活中貌似已实现的甜蜜与崇高，一定意味着某种程度的伪善和失察。

他站在婴儿床边，哼着模糊不清的调子，俯身下去，将一根手指伸向孩子，就像站在陷阱边的猎人，将枪杆伸向呻吟的猎物。而那只几乎没有骨头的小拳头立刻抬了起来，紧紧地握住了象征生殖器的柱状物，在因为暴怒而涨红的脸上，鼻子吭哧吭哧地喷着气，饱含泪水的眼中透着痛苦、仇恨和不惜毁灭一切的决心。可惜他使尽全力也无法拗断它，无法对这种恶毒的挑衅给出回击。

她头晕、肚子疼，浑身战栗着；一波又一波的尖叫从胯部向上涌起，但没到喉头就散了；千言万语的幽灵在她的呼吸之中出现然后消隐，仿佛狐狸戏弄瞎眼的鹰，她又扑空了。

"不，"她只能告诉自己，"什么都没有发生。"

在一阵没顶的无力感中，妻子重新理解了嫉妒，发现了嫉妒构造生活的方式。是啊，没有嫉妒就没有真正开始生活，嫉妒是生活的组织力、挖掘力和创造力；嫉妒是生活之尺；嫉妒就是幸福的全部秘密。嫉妒别人，就产生对幸福的向往；让别人嫉妒，就是幸福。所以，她要过一种让别人嫉妒的生活。她要过一种悠闲的、无所希求的、已圆满完成的生活。诚然，这样的生活是死人的生活，不过她总有办法掀开棺材板儿。她去看戏，用方框里的爱情和战争给躺在地底的生活注入一口气。

看戏的人都是幸福的，都是精致的，都是香喷喷的，他们闻不到腐烂的臭味。

今晚，妻子刚去过戏院。归来时，马车在坡道上颠簸，凝固的青石浪头上泛着薰衣草的泡沫。近在咫尺的阴沟和数不胜数的垃圾被黑影恰到好处地遮盖住了，车窗以外，城市沐浴在月光中，像一片绵延起伏的天鹅绒,一直铺展到黑黢黢的山脚下。街上没有人,整个世界只剩下一个壳,马蹄声在其中回响;一个没有意义的字眼重重复复、结结巴巴地在她的耳朵里奔跑。

一路上,妻子都在想:卡塔西斯[1]是什么?怜悯和恐惧从哪里来?眼睛里不可能产生这些东西,单是看人家模仿生活不能产生怜悯和恐惧,或者最多,只能产生模仿的怜悯和恐惧。的确,台上的在模仿,台下的也在模仿,由此,戏院才能完成它的二元建构。她们不得不模仿:幸福的人都需要怜悯别人,不然她们就得怜悯自己;她们没法怜悯真实的人,只能将模仿的怜悯施予模仿的人。太可怜了!

至于恐惧,在提词人的暗格里,在胃囊般的包厢里,在肮脏的座椅底下,在混乱不堪的后台,会滋生老鼠、虫蚁,甚至可能有蝙蝠栖息,但没有恐惧。置身于黑暗之中并不必然导致恐惧,只要眼睛还能朝向

---

[1] 卡塔西斯,亚里士多德在《诗学》中提及的概念,可意译为"净化"或"陶冶",指的是"怜悯"和"恐惧"在经过反思和超脱后得以升华的过程。事实上,任何一种并非由自利而生的情感都不难通往崇高,可是,即便是在看戏,观众的怜悯和恐惧也很难撇清自我,"升华"似乎只是一厢情愿的希冀。也许,和伊甸园一样,"卡塔西斯"也是人类早已弄丢的东西。

光明，还能攫取景观；只要不必看到自己，就不会恐惧。戏剧模仿不了最可怕的不幸和最暴烈的命运，它模仿不了"我"，它模仿不了憋在喉咙里的尖叫，它模仿不了最荒谬的、最可悲的、最惊心动魄的经验：日常。

日常就是"无"在时间中的堆积，就是被冻结的隐德来希[1]，就是否定的精灵。日常不需要戏剧性的燃烧，它的初始状态就是灰烬。日常就是不发生。

现在，这巨大的"不发生"就横亘在她面前，显得古老而又笨重。房间窒息了，看上去完全被一种不可理解的无形重物塞满了，成了一块方形的、完全冷却的炭。镜子像一口枯井，井底淤结着层层叠叠的阴影。妻子站在窗前，脸上始终挂着她自己未曾意识到的冷笑。烟雾状的豹子、狮子和母狼[2]绕着她转悠，发出无声但刺耳的哀号，然而，即使凶残如它们，也无法从这里驱走一丝空气。从气氛来讲，整个世界是实心的，被压缩在两扇窗的对峙当中：她眼前的这一扇，

---

1 隐德来希，亚里士多德在《物理学》中提及的关键概念，意为"充分实现"。然而，绝对惰性的日常状态以"永远充分"之名抑制了潜能。

2 在《神曲·地狱篇》的开始，迷路的但丁在山间被豹子、狮子和母狼围困。关于这三头野兽的喻义，历来已有许多精辟的解释，这里不再赘述。

以及在遥不可及的高处因着月亮的那另外一扇。

　　生命被幽禁在永恒的惰性之中，只是一种计时工具，是时间存在的物证，除了流逝，没有其他目的。

　　她闭上眼睛，坠入自身的深渊，从风声猎猎的咽喉，一直落进无底的腹腔之中。这是只有一位妻子和一位母亲才能享受的失重感：在子宫和阴阜之间有一片被遗落的宇宙。远处传来一个声音，起初细不可闻，后来仿佛沿着一条蚁穴般的小径向她逼近。她漂浮在深紫色的混沌中，随着悠长的呼吸轻轻摇晃，除了鼻子，除了在孔窍间游走的气息，其余的部位都渐渐消失，不复存在。她仿佛在一个没有体积的位置，在命运的原点上蛰伏了许久，之后又像一朵被微风唤醒的花苞，缓缓舒展自己。一种全新的运动机能促使她扭动身体。她吃惊地发现自己没有双脚，却出奇地灵活、柔软。她是一条鱼，被变形的狂喜推向高处，渐渐接近一片似有若无的、微茫的光晕。那个隐隐约约的响声始终像一颗悬在银线上的钓饵，在她的上方飘来荡去，引诱着她，让她既恐惧又兴奋。那是一个难以抗拒的命令，是一个预示着毁灭的征兆，也是一个渺小但辉煌的胜利。她一口叼住它，旋即从自身之中被拽了出去。她醒了。

屋里孩子在哭，屋外有人在喊。她一生之中唯一的重大事件，在史册之中和房门之外等待着她：她的丈夫，佛罗伦萨的执政官但丁·阿利吉耶里在这天晚上被流放了[1]。

---

[1] 薄伽丘在其权威性的著作《但丁传》中断言但丁的妻子对诗人的心灵伤害至深，但事实上，他对这位陪侍在伟人身边的女性一无所知，只凭"家庭是才华的坟墓"一类的偏见，就对其作出了极为不公的评语。这篇小说无意纠正这个显而易见的谬误，仅仅尝试着从另一个角度重置这一叙事。

主角与配角之辩

——一则存在主义的戏剧评论

主角与配角之辩

请开始想象。

○ ● ○ ● ○ ●

首先,想象一个阴郁的夜晚,想象冬春之交的酷寒,想象万物的颤抖;接着,想象一座被镶嵌着狗屎和马粪的冰雪包裹的城市:文艺复兴时期的伦敦。

在一颗声名显赫的头颅当中 —— 可想而知,那是一个凌乱的、肮脏的、影影绰绰的室内环境 —— 时间在推移,预兆在扩张。终于,沉默决了堤,将第一个缴械的比喻推向不可更改的命运:从启幕到落幕,从火苗到灰烬。

这面目可憎的祭品冒着青烟,尖叫着:"牙齿上长着眼睛。"

○ ● ○ ● ○ ●

这时，威廉·莎士比亚抬起头，望着窗外那条歪歪扭扭、坑坑洼洼、显得有些浮肿的街道。在两排民居，即两排"长着眼睛的牙齿"之间，卑污的泥泞舔食着雪片与月光混成的洁白饲料。

疲倦未能制止他自寻烦恼。他想到了可怜的罗密欧和哈姆雷特，他同情他们，但无可奈何："主角必须死"[1]。与其说这是悲剧的逻辑，不如说这是生活的逻辑。

戏剧的理智与生活的疯狂是一回事，反过来说也一样成立。

他懂得，甚至是无比懂得。折中的道路并不存在。他得离他的戏远一点。否则，那些观众会用目光咬他，用乌青的眼睑兜住血。一旦掉进他们的包围之中，立刻就会被撕碎，连骨头渣也会被嚼干净。

"一千个人眼中有一千个哈姆雷特。"这句话是谁说的来着？为什么不说"一千个人眼中有一千个波洛

---

[1] 在莎士比亚戏剧《尤利乌斯·凯撒》中，刺杀凯撒的布鲁图斯有一句著名的台词："凯撒必须死……"

涅斯[1]"？他想。

屁话！哈姆雷特只有一个，只不过，人人都觉得自己是哈姆雷特，就连波洛涅斯都这么认为。

劣质烧酒不足以让他发疯，但至少能让他的思想变得放肆一些。

严格来说，上帝不是一位优秀的戏剧家，而是一名慷慨的灯光师：他不偏不倚，给每个人的手中塞进一盏明灯。乖顺的人们将上帝的礼物高高举起，纷纷将光打在自己的头顶。

但是，他们错了，大错特错——从生到死，始终保持托举的姿势，任谁都吃不消。紧绷的张力磨损了筋骨，不熄的光芒刺伤了双目；疼痛，眼泪，苦涩，衰老……无价的珍宝变成了致命的重负。

错了，都错了。上帝将灯递给他们，本是为了让他们照亮自己的邻人。

他想，世间的信仰多半出自误解，人们的虔诚只是执迷不悟。一切荒诞都由此而来。

他坚决地、赌气似的撂下酒杯，差点把自己吓了

---

1 《哈姆雷特》中的角色，是克劳狄国王的御前大臣，也是奥菲利亚的父亲。

一跳。接着站起身,走出家门。

恰逢黎明之前最为深沉的寂静:世界一点点筛除黑暗,缓缓将自己凝结成一颗巨大的露珠。思想的门户敞开了,语言的骑士刚刚跨上逻辑的骏马,一个辩证的未来——存在或不存在[1]——沿着胡须的坡度向两边伸展。

莎士比亚在湿漉漉的、沐浴在微曦之中的、青铜般的街道上行走,融化的积雪和着淤泥与垃圾在凹凸不平的路面上恣意漫流。所有的伦敦人都在街边沉睡,百万艘肮脏的肉体之船蛰伏在一股猥亵的气息之下,从中能分辨出快要溺死在口涎之中的酒鬼、满身血污的屠夫、搂着正在腐烂的猪头大做春梦的肉贩,以及比烂肉更为廉价的低等妓女。这股臭气同时也钻进了他的脑海,在文艺复兴的华丽柱廊里乱窜,抹煞了帝王和贵族的威仪,亵渎了英雄与诸神的庄严。

○ ● ○ ● ○ ●

一辆漆黑的、似乎装载了全部夜色的马车在街角

---

[1] 在《哈姆雷特》的第三幕第一场,丹麦王子哈姆雷特对自己提出了这个问题。事实上,这是一个只能由自己提出的问题,也是一个必须向自己提出的问题。

等他——事实上，它确要将诗人与夜晚一同运离城市。上车之前，莎士比亚微微仰头看了看天空。高高在上的、因无人摘取而自怨自艾的银色果实——一轮失血过多的凸月，在浮云中翻滚，仿佛一只冷漠的独眼，毫无怜悯地俯瞰世间。

马车剧烈地颠簸，像一只被巨人之手肆意耍弄的黑色盒子。他起初感到心悸、头晕、恶心，觉得自己正乘着一副移动的棺木驶入地狱，但人毕竟是善于忍受的动物，久而久之，他不但忽略了一切不适，甚至不自觉地摇晃身体，以配合马车的律动。和那些被命运摆布却忘记命运的人一样，由于被动已转为主动的错觉，他的心中竟生出一丝愚蠢的自得。

马车放慢速度，直至停下。一只粗糙的大手为他拉开车门，一种绝不属于城市的岑寂，一种被自然用以宣誓其主权的空旷，一个由微风、露水、羊齿草和矢车菊的清香一同编织的早晨在车外等待着他。

应斯托克伯爵的召约，他来到这座位于郊野之中的城堡。眼下，它就伫立在他背后，陈旧、坚固、冷酷，就连阴影也有分量，似乎是用一种透明的灰色石头垒成的，令他感到沉重，一时难以挪步。

此间的主人承袭了一个古老姓氏的尊荣，却将之深藏在这座散发着霉味的、仿佛终年不见天日的、地窖般的宅子里,可谓既是贵人,也是怪人。他的先祖在金雀花时代便为自己的子孙赢得了一个雷打不动的爵位。这个擅长见风使舵的家族,经住了兰开斯特和约克的惊涛骇浪,也避开了玫瑰战争的血雨腥风,在都铎王朝商业主义的阳光下生长壮大,不料,传到这一代,竟出了一位德古拉式的古怪隐士。

负责接引他的老男仆长着一副卡戎的面孔,像一只对虾那样弓着身子,朝城堡大门的所在伸出一条手臂。这不是他们第一次见面。几天之前,在演出后台,正是他代表他的主人向世间最伟大的天才发出邀请。莎士比亚讨厌他,同时也有些畏惧他,诗人懂得,矫揉造作的礼仪往往意味着子虚乌有的敬意——世人多是伊阿古、高纳里尔和里根[1],对于他们,他从不会掉以轻心。

城堡是哥特式的,色调比周遭的任何一种岩石都要暗一些,以至于给人造成一种错觉:这高耸的建筑是由生铁浇筑而成的。贴在主楼边上的几座瞭望塔、

---

[1] 伊阿古是《奥赛罗》中的奸佞小人,高纳里尔与里根是《李尔王》中老李尔的长女与次女,三人的形象都是背信者。

围绕着塔顶平台的雉堞，暗示着业已隐没但从未彻底远离的军事威胁。一派森严之相，令诗人想起理查王和奥墨尔公爵曾藏身其中的弗林特堡。从远处望去，那种冷峻嶙峋的姿态，不像是人的手笔，倒像是鬼斧神工的作品。

当然，要解释这一点并不困难。这座庞大而悠久的建筑并不是一次性建成的。风尚如此多变，人的需要层出不穷。石块和泥土就像时间手里的颜料，层层涂抹、相互覆盖，许多动机已经被彻底遗忘了，以至于总有些结构或部位显得突兀而不合情理。所有设计的巧思必须经过仔细的观察和审慎的辨认，才会从或杂乱或多余的条方石和饰面砖里浮现出来。

这座城堡的建筑材料不仅有砖石，也掺进了时间和谜语。

如果从天空俯瞰，它的功能性地位会显得十分突出，或许看上去还有几分机动能力，像是洁白山峦的灰色心脏；如果在近处仰视，它却反而失去了特异性，成了一座纤细而陡峭的人造山峰，以至于莎士比亚险些真的相信它的主要用途在于攀登而非居住。

迎客的老人以阿特拉斯顶起天空的力量推开沉重的大门，然后再次欠身鞠躬，作出恭请的姿势。初次来访的客人显然犹豫了一下。有一瞬间，他感到在僵尸般半死不活的墙壁中间，那些酷似死鱼眼睛的窗子突然一起瞪着他。

门内有什么呢？这个问题其实是：石头的脏腑里有什么呢？沉甸甸的黑暗，神话里的妖魔，死去的空气，复活的化石，呛人的时间粉末，还有……

然而，他只看到一条走廊，什么也不揭示，什么也不隐藏。驼背的男仆在里面招呼着他，像一棵冬日的垂柳在风中摆动。回声从某道根本看不见的，但也许能称之为尽头的墙上涌来，曙光温柔地颤动着，仿佛刚刚才被唤醒。厚厚的地毯散发着陈旧、干燥的气息，除此之外，它就是一片羊毛缀连的云雾，很难被脚底觉察得到。也许正因如此，整个空间没有因为二人的介入而产生一丝波澜，仍旧是沉寂的、空洞的。

拐过两个弯之后，会客厅是突然跳出来的，比忐忑的客人更像一个外来者——很显然，整座城堡不曾为接待任何贵宾做过准备。这只是一个粗鄙的块状洞穴，仿佛在强行闯入时遭到了墙的抵抗：拱形的壁炉似乎还在微微颤抖，喘着带有霉味的粗气，角落的阴影中还有隐约可见的瘀痕。裸露的水泥地面过于简陋，上面的几副桌几和几把椅子又过于精致。主人正坐在其中一把椅子上微笑,胳臂支在一张圆桌上,肘边摆着一架照亮了他的枝形烛台。

客人过了一会儿才发现他,又过了一会儿才形成对他的第一印象:这是一个孤独的人——那种冰冷的温和、全身紧绷的坐姿,摆在任何社交场合都会不太协调。

当然,莎士比亚在童年时即已知晓,孤独至少有两种:一种是表面的孤独,一种是本质的孤独;前者是一种难堪的处境,后者则是一种高贵的折磨。眼前这位绅士夹在两者之间,面目模糊难辨。也许,他迷恋自然的天真,更乐于回避人群,与鸟兽亲近;也许,他之所以独自一人,只因自觉已达到某种平衡,经不得任何触碰;也许,他的身侧并非一向如此冷清,他必定曾有一个爱人,她必定美丽,必定贞洁,但那是一朵过于娇弱的肉体玫瑰,在吸干他心中的泉水之后,自己也很快枯萎。

所有的猜想,所有的故事,不是太疯,就是太蠢。戏剧性是戏剧家的热病。斯托克伯爵就坐在那里,他的存在足以取消一切想象:他太平常了,甚至可以说,他平常得太不同寻常了。他不高不矮,不胖不瘦。他既不天真,也不世故;既不英俊,也不丑陋;既不雅，也不俗。其实，他也许并非孤独，只是太难被人注意，即使一人独坐，也像是藏身于人群中。

他没有故事，或者，不知出于何种原因，他拒绝了故事。他回避特征，回避定义；他从未虚构自己，因而也不能被他人虚构。若真是这样，他简直堪称伟大，可问题是，可能会有如此缺乏个性的伟大吗？可能会有这种近乎平庸的伟大吗？

○ ● ○ ● ○ ●

伯爵先是恭维了莎士比亚，接着提出了几个故作深刻的肤浅问题和措辞奇特的平淡问题。名利带给艺术家的最大灾难，就是必须目睹这些语言的粪便——装盘上桌，有时被逼无奈，他们还必须露出尴尬的笑容，赞其美味，赏其馨香。如果说斯托克伯爵还算不上叫人难以忍受的话，那主要是因为他懂得节制，而且很少露出自鸣得意的愚蠢笑容。很快他便住了嘴，脸上的表情甚至有些过意不去。

那位辛劳得令人担忧的老仆端来两杯热茶，呡过一口之后，主人便邀请客人与他一起在城堡内部四下走走，参观参观。

楼梯和通道像是由一个对于积木的复杂性大为不

耐的孩子临时拼凑成的,有些铺了地毯,有些没有,砖的大小和花纹也各不相同,有几段台阶是石砌的,有几段又换成了乌木,转弯处有时是螺旋形,有时是直角,数量多得难以理解,以至于不太真实,让人走着走着就忘记自己正在去往哪里,仿佛只是在变着花样地将一条纸带反复拆解、折叠。

伯爵似乎一直在说话。他的语言将他的精神呈现为一摊渣滓,一团毫无抽象可能的日常堆积。他可不能与福斯塔夫相比,那位可悲的丑角身上有一种光芒四射的卑劣,有一种超越了卑劣的卑劣,客观上近乎崇高。

如果不是一句话适时出现,眼看诗人的耳朵就将保护性地自我锁闭起来。

"我仍将人类的生活从总体上视为爱的实践。"伯爵突然说,语气介于羞怯和高傲之间。

莎士比亚吃了一惊。他能保持创作力的秘密在于——连他自己也认为这是一种偏执,而且说起来其实有点庸俗——将生活视为舞台:他将遇见的每一个人都视为角色,将听见的每一句话都当作台词。他时常苦涩地,恐惧地,带着点亵渎的快感,如此想到:"都是戏,世人莫不在做戏,就连我此刻的这个念头也是在做戏：做戏给上帝看。"

作为凡俗中人，他以对话揣摩人心，作为剧作家和演员，他用台词给角色注入灵魂。如今，他发现语言的定律和上帝的指尖[1]都被一张干涸的嘴巴死死地叼住了：此间的主人以一个与自身南辕北辙的句子，否决了戏剧家所有经验性的结论。莎士比亚注意到，不说话的时候，这人习惯抿紧双唇，仿佛在对抗一场不能妥协的审讯。

○ ● ○ ● ○ ●

像是突然意识到了某种风险，伯爵掉转话头，热烈地谈起品茶的讲究、防潮的诀窍和伦敦的天气，仿佛想以大量劣质的语句冲洗不慎表露的真知灼见。但他不可能得逞，仅凭刚才的那句话，剧作家就已经为他画了一幅语言肖像。

也许，关键不在于这个句子本身，而在于他的嗓音、他的神情。

总之，他以他的话，或是仅以说话的动作瓦解了

---

[1] 在《圣经·创世纪》中，上帝将生命之气吹进亚当的鼻孔，但在米开朗琪罗绘于西斯廷教堂穹顶的壁画上，上帝却是用他的指尖给亚当注入了灵魂。

戏剧的定律：这些语句没有主体。这是一种足以囊括众生的调门，是与人的总体命运共同起伏的抑扬格。

也许，他在说梦话，不过，只有切实将整个人生视为一场大梦，才说得出这样的梦话。

○ ● ○ ● ○ ●

光在窗与窗之间游戏，但每一道门都紧紧关闭，让人不禁怀疑空间的真实性。莎士比亚告诉伯爵："您的城堡太大，也太空了，可想而知，几百年来，这里一定处处都装满了秘密。"

他听见自己的回声，仿佛身处被墙壁包围的旷野。"我并不好奇。但是，是否可以给我这外人说一说这里的故事？"

伯爵侧着脑袋，露出了一个微妙的表情，像是有些抱歉，也像是有些疑惑，细看起来，还带有一丝善意的调侃。"如果我仅仅向您公开一切，那就还是有所隐瞒了。所以，请再等一等。"

这句话简单又玄奥，和主人虽有些波折，但终于在客人心中形成的印象恰好吻合，因而十分有说服力。莎士比亚竟然就接受了，或者说，他屈服了，放弃了追问。

沉默半晌之后，似乎是作为一种补偿，伯爵突然决定接着之前的话题畅所欲言。他说："从您的剧作中我学到了一个非常要紧的道理：爱重于神，或者说，爱优先于神，没有爱，神就将变成一部僵硬的、令人生畏的真理机器。"依旧是用那种过于认真的，近乎笨拙的，几乎与语言本身相抵触的语气。

诗人苦笑着，美好的误解比恶毒的毁谤更叫他难以承受。默认无异于自我羞辱，而否认，哪怕是最为委婉的否认——就像他现在所做的——也将被换算成极端严厉的自我指控：那是对无能与匮乏的残酷揭露。

"我不知道。关于爱，我从未表达过什么，即使有，也只表达了我的困惑。"

"我理解，我理解。困惑，嗯。我确实看到了困惑，它体现在……您似乎总在强调爱与神的，或者换个说法，爱与命运的敌对关系。"

"不，尊贵的爵爷，爱没有敌对关系，爱会结束敌对关系。爱总在反对冲突，排除意外。爱不能成就戏剧，爱会取消戏剧。其实，以爱为主题的戏剧，所表现的只能是情欲。"

"罗密欧与朱丽叶，安东尼和克莉奥佩特拉[1]，奥赛罗和苔丝德蒙娜[2]，他们都只有情欲吗？"

"不，不能说他们没有爱。我只是说，是他们的情欲在推动我的戏剧，而他们的爱，在抗拒它。"

这时，斯托克伯爵停下脚步，微微抬手，以不至于失礼的最小动作拦住了莎士比亚。他们正站在一道带圆拱的红色木门之前，面面相觑，像两个被镜子阻隔的人。主人面色庄重，令客人心生忐忑。有一瞬间，伟大的剧作家受举世无匹的想象力所累，或者说，被自己的才华戏弄，竟想拔腿逃走。当然，这实在太过荒谬，他自责自嘲了一番之后，终究还是守住了表面的沉着。

伯爵缓缓推开门，动作中有着魔术师般的优雅和狡黠。

由于早在心里备好了惊奇，即便世界如一道巨浪迎面扑来，即便狂喜成灾，也被隔绝于冷静的表情之下。诗人始终神色如常，所有悸动都被局限在内部，没有任何外来的事物能够撬开他的面目。

---

[1] 《安东尼与克莉奥佩特拉》的男女主角。
[2] 《奥赛罗》的男女主角。

但，这正是魔术的效果：内和外被颠倒过来了。

门后没有地毯，没有夹在墙壁中间的走廊，没有家具，没有人为的陈设，没有房间。一切都袒露在清晨的天空下，湿漉漉的岩石从徐徐散去的雾气中浮现；冬之利爪过处，一切都褴褛不堪；劫后余生的草场和田野，如同一条残破褪色的织锦铺在一道缓坡上，就像暗恋者未曾寄出的情书，诉说着哀伤的希望；一道弯弯曲曲的溪流顺坡而下，扫过枯黄的草尖尚未完全融化的冰凌，仿佛一段柔软的乐谱亲吻着短暂奏响之后，即将消失在空中的音符。不远处的坡底，几排整齐的农舍被炊烟缭绕，人们刚醒来不久，在泥泞之中安静地忙碌，脸上还能看到梦乡中人特有的虚弱。

莎士比亚看了看伯爵，一种古怪的感受油然而生：这个陌生人似乎和他肩并着肩，站在他内心的风暴之中。

○ ● ○ ● ○ ●

走进这扇门，就像登上了一座扩大了无数倍的方舟。诗人在甲板的边缘站住了，一边打量周遭的环境，一边等待主人的解释。在他身后，城堡的背面深嵌在山体之中，仿佛一尊正在被吞没的神像。原来，这座依山而建的高塔有一半在谷地里，另一半却从山的低凹处越出，直插云霄。在不知不觉间，他们已经来到城堡的腰部，穿过那道红色的门，经由一小段形似栈桥的小路，来到了山的背阴面。

"这就是我想要给您看的东西：一座凡俗的伊甸园。您也许觉得这样的布景太过灰暗，实在乏善可陈，或许只配陈列老李尔的尸体和奥菲利亚的坟墓。但在我看来，这是一个无比广阔的舞台，数不胜数的戏剧在这里永不间断地上演。哦，不，这不是个比喻。我并不善用比喻。"伯爵微笑着，以占有的姿态抬起胳膊，缓缓地在空中画了一个显然可以如涟漪般层层扩散的半圆。"面对这个舞台，首要原则是，不能相信自己在某个片刻的知觉。太过短暂的，无论多么真切，都只是幻觉。舞台上的一切都在不停地变化，完全用不着换幕。一年之中有四季，一天之中也有四季，每个钟点都包罗万象……此刻的灰暗很快将被阳光驱散，连这灰暗本身也有无数种不同的表现，有明媚的灰暗，有黯淡的灰暗……"

他突然停下手上的动作，向着仍旧不知所措的莎士比亚深深地鞠了一躬："舞台是我的，但所有的戏都出自您。您是一位不知情的缔造者。"

○ ● ○ ● ○ ●

看来在这一刻,无论多少语言也化解不了诗人的茫然。不过,一切都在斯托克伯爵的预料之中,他只是一边在前边引路,一边回过头,再次作出郑重邀请的手势,鼓励他的客人用自己的脚步去解答所有的疑惑。

"情欲本是异教神的创造,奥维德[1]是歌颂情欲的大师。我知道您的戏里常会转述和改写这位诗人创作的故事,或者说,那些纵欲的神灵邀请他以诗人之眼见证的故事——正如他自己假意宣称的那样,"他说,"这是极为恰切的,因为戏剧也出自异教,是世俗中人以肉身表现神灵的尝试。您对爱与情欲的见解有不可辩驳的、天然的正确性,也许……这是由戏剧与情欲的同源性决定的?不过,我在想,如果戏剧是不需提炼、也无法浓缩的呢?如果戏剧是无边界的呢?我是说……戏剧性的原则是什么呢?是削减,是省略,是对事件的价值判断——留下具有转折作用的、具有促

---

[1] 传记材料表明,伟大的古罗马诗人奥维德对莎士比亚有很大的影响。莎士比亚的第一部作品《维纳斯与阿多尼斯》即取材于奥维德的长诗《变形记》;而奥维德是一位研究情欲的大师,著有《爱经》一书。

进作用的、具有象征作用的、具有启示作用的、具有预言作用的、具有概括作用的，留下那些异常的、吊诡的、有力的、有趣的、耐人寻味的，留下变化，留下潜能，去除那些贫乏的、重复的、无聊的、无效的、无进展的、无意义的、无特色的，直接点说吧，去掉那些日常累积的。可如果戏剧不被限定在几场几幕当中，没有换场，没有幕间休息……我是说，所有被减省掉的都被填充回去，那会怎么样呢？抱歉，您也许觉得我已经语无伦次了。"

莎士比亚仍旧没有搭话，只觉嘴中含着一口苦水。他竟被这股神秘莫测的滋味迷住了，没能及时开腔。失礼固然已不可避免，更让他难堪的是失控感，如同一个老人面对猛兽般的岁月时所感到的屈辱——它并不马上吞食他，而是乐于用爪牙戏耍他。

伯爵看了诗人一眼，继续说道："那爱的重要性会超过情欲吗？我想会的。爱会取胜，因为它的绝对、它的单纯。换句话说，我们的基督，我们的唯一，会战胜五花八门的异教神灵。事实如此。"

"但您所说的这一出无边的戏剧不再是艺术，而是生活本身。"诗人终于缓过一口气，立刻争辩道。

伯爵不置可否，只是微笑着把话题引开："按时间顺序，《哈姆雷特》的故事实际开始于一个伊甸园式的场景，然而，在醉人的花香与祥和的睡眠之外，您却安排了一场邪恶的谋杀……唉，那条狡猾的蛇真是阴魂不散；而到故事的末尾，高贵的殿堂又变成了一座血染的地狱。为了撕裂生活，您以卓绝的才华支使您的王子在二元世界的矛盾中游弋；有着相似遭遇的奥瑞斯忒亚[1]却没有得到这种魔力，他总是那么虚弱，不能拥抱生机，也不能追求毁灭，他甚至都不疯狂，只能作一枚神的棋子。他们哪一个更接近实有的人格呢？很难说。我猜，人们通常会觉得自己更像哈姆雷特，别人更像奥瑞斯忒亚。"

他们来到了民居附近，莎士比亚这才发现，这里的住户比他以为的多得多。从远处看来只有寥寥数排的简陋农舍，就像一片灰色的种子，随着距离的切近而生长繁盛起来，晕染成一大块斑驳的花田。土屋、砖房、畜栏、肉铺、酒肆、集市……混乱中隐现着秩序。这里简直已经是一座城市了。

"这里是您的封地吗？"他问伯爵，却不等他回

---

[1] 奥瑞斯忒亚是古希腊悲剧作家埃斯库罗斯的作品"奥瑞斯忒亚三部曲"的男主角，与哈姆雷特的经历十分类似，也是一位复仇的王子，其母克吕泰墨斯特拉与埃癸斯托斯私通并串谋杀害了其父迈锡尼国王阿伽门农。

答，紧跟着又以外交官般的犀利追加了另一个问题，"照您看，它更接近天堂还是地狱呢？"

"嗯？"斯托克伯爵的表情严肃中透着迷惘。

这时，两个正热烈地谈论着什么的人从不远处走过来，其中那位长者对看上去像是后辈的另一位说着："一个年轻人茫然地站在一块空地上，就近拣起一砖一瓦的岁月，垒起了一座房子。我想象，那房子里有所谓的生活，虽说我从未亲眼见过。我没看到那年轻人走出来过，本以为他一直住在里面，但最近我发现，他早就离开了。我空掉了。"

一看见伯爵和诗人，他们立刻施以大礼，用身体，也用灵魂。尤其是，面对素不相识的来客，他们表现出过度的崇拜，几乎可说是虔诚。莎士比亚无法应对这种情感洪流的奇袭，躲到了伯爵身后，待他们离开，才开口询问。

伯爵低头沉思，片刻后微笑作答："他们认出了您，我本以为您也会认出他们……在我看来，就创造力而言，您仅次于上帝；但对他们而言，您就是上帝。他们是您塑造的角色。说话的那个，是正直的老贡柴罗[1]，谦逊的霍拉旭[2]走在他身边。他俩很投契……他们看着对方，如同看着另一个年龄的自己。"

○ ● ○ ● ○ ●

大朵白云浮在空中，将荫翳投在他们头顶，天上地下，两种不同颜色的牧群安静地飘过。诗人感到越来越强烈的压迫，他的沉默如同水晶——精当的思想拥有碳化力量——与他对话的人却以非个体性的，甚至可以说，以未知而叵测的多数人的木讷无言堆积成一个庞然大物。

最终，他不得不首先开口，戳破越来越难以忍受的寂静："实在难以理解……我弄不清楚，但不得不承认，您的佃农对于我，与其他陌生人不同。如果说陌生在某种程度上，即意味着在已有印象之外……他们的一举一动好像不是闯进我眼中，而是从我的意识里浮现出来的……但这不是记忆，我确信自己从未见过他们。"

"他们的确是我的佃农，但也是您的角色。您不妨

---

1 《暴风雨》中的角色，是一位忠心耿耿的老臣。

2 《哈姆雷特》中的角色，是一位谦谦君子和一个诚实的朋友。

这样想：这是一块舞台化的土地。在这里从事农活只是次要工作，也可以说，只是为了舞台的日常保养所需；"在没有围墙也没有座席的剧场里，主人用脚跺了跺地面，好像在展示舞台的性能，"在这里，佃农们的主要工作是表演莎士比亚的戏剧——也就是您的作品……不过，和通常的意义有所不同。他们每个人都分到了一个角色，但我并不要求他们熟读剧本，我只要他们全心全意地在自己身上复现他们的角色。他们要了解角色，并进而揣摩角色，他们会花上五年、十年去学习、领会一种遥远的文明，他们改换自己的信仰，采取古代人和异国人的思维方式和观察角度，最重要的是，他们要像角色一样生活，和角色使用同一种餐具，玩同一种牌戏，在同样的时间，做同样的事情。唯一不需要的是学习另一种语言——因为您的角色都说英语——这让他们和那些真实的历史人物保持距离，那些人是未知的，也是不理想的，是不能够也不值得再现的。在性格层面——如果确有性格这种东西——我相信他们已经最大程度的贴近角色。他们塑造角色，一是依据您的剧本，二是依据历史档案，三是通过填充自己的日常生活，令其自行呈现出来的。您可以说，他们把生活变成了戏，也可以说，他们生活在戏里,怎么都行。我为此耗费了巨额财富,他们为此投入的是全部人生。"

伯爵的脸上又一次现出那种迷惘的表情,仿佛将所有视力都投向了思想的阴影,以至于只有眼神,没有目光。

他说:"每一天,我都会走出来看戏,每一天……戏一直在演,我不看,它也在演。不,我真的能不看吗?不行的。即使我躲在城堡里,即使我闭上眼睛,即使我沉入睡梦中,我也没法把戏留在身后,全身而退——我拒绝不了它。我的身体就是观众席,只要我还端坐在里面,就必须看下去。作为唯一的观众,我的负担太过沉重了,如果没有我,戏就不能成立了。您明白的……所以我必须找来一个援兵、一个救星、一个战友或难友,我必须找来另一个观众,所以……"

"可是,他们的对话并不是我写的,我不可能写出那样的台词。"

"好吧,对您,我必须诚实。如果非要在您的伟大作品中找到不合理的地方——如果合理确实是种要紧的原则——其实,您的角色是无法说出您写的台词的,他们绝不具有您的才华。"

○ ● ○ ● ○ ●

这场疯狂实验的最为疯狂之处在于，一旦你置身其中，便感觉不到任何疯狂了。

斯托克伯爵领着莎士比亚走街串巷，在一条斑驳的角色之河中逆流而上，所见所闻的现实性令一切现实相形见绌。洁净的更洁净，肮脏的更肮脏。在泥土里刨蚯蚓的穷苦孩子，像蚂蚁一样扛着巨大货物的精瘦脚夫，作异国装束的黑脸奴隶，坐在软轿里的贵妇，出言不逊的小贩，懒散的牧羊人，身手敏捷的盗贼，笑容可掬的骗子，一毛不拔的商人，被沉重的盔甲压得直不起身体的士兵，在阴谋诡计中老去的国王，故弄玄虚的先知，钻牛角尖的学者，心口不一的政客，狰狞的巫婆和可爱的妖精，在他们路过时，以各自的方式，在不影响表演、不破坏剧情的前提下，巧妙地向他们致意。

在他们身边，戏剧的涓流一点一滴地汇成了生活的汪洋。君臣、盟友、仇敌、父子、兄弟、情侣，当着他们的面，交换最私密的情话，商量最阴险的勾当。还有那些痛不欲生的人、那些醉生梦死的人，在他们耳边嘶吼着、呢喃着，说出真诚得近乎残忍的独白。这里甚至也有一座剧场，剧场中也有一块舞台，但舞台上呈现的，并不是从演员到角色的简单二阶关系。演员在舞台上扮演角色，但在上台之前，先得有彼一演员来扮演此一演员。附在肢体和舌头上的是一个多重嵌套的灵魂。这使得表演层析出多个不同的意味。在台词、表情和动作之间，在台词和台词、表情和表情、动作与动作之间，有一种共生共谋却又彼此背离的关系。

当斯托克和莎士比亚从剧场中间穿过时，台上的正对着台下的行礼谢幕，当那宾主二人走出剧场时，台上的和台下的都一起对着他俩行礼谢幕。

所有的门都对他们敞开着，没有任何一堵墙能对他们保守秘密。他们走进羊圈牛棚，也走进深宫内院，走进香闺，也走进死牢，如果他们想，他们甚至可以直接走进每一个人的心脏。这是个完全透明的世界，在其中，他们像阳光一样畅行无阻。

"简直混乱不堪，我不能理解。"莎士比亚摇着头，但还是不得不看。不但看了，还接连认出了衣服像蟒蛇、面孔像豪猪、性情像蜥蜴的修里奥[1]，像喝醉的猿

---

1 《维洛那二绅士》中的角色，是主角瓦伦丁的情敌，为人愚蠢暴躁，被瓦伦丁称为"一只变色蜥蜴"。

猴一样大喊大叫的毕斯托尔[1]，口才堪比鹦鹉的亚马多[2]，差点长出山羊蹄子的奥托吕科斯[3]，眼神酷似狐狸的特拉尼奥[4]，甚至还认出了一名雅典的乞丐和一名西西里的牧羊女，他们从未拥有姓名，在语言主宰的世界里等同于没有面目的影子。他犯了一阵恶心。

伯爵在沉思，面目阴晴不定。

"是啊，很混乱……但并不比世间任何一处更混乱，"他说，"当然，这是两种不同的混乱。别处的混乱是非自发的、强制性的，以等级和族类为基础的秩序，也就是说，以分别为基础的秩序造成的，是在画好的棋格中你争我夺的换位游戏造成的；这里的混乱却是由于平等——你看，君王或流氓在这里都一样，都是被扮演的角色而已。正因为秩序中的混乱已是如此普遍，我才会期待着混乱中的秩序。这就好像，自然的泥沙俱下和千变万化似乎都是为了体现某个意志，这个意志无法概括，无法总结，无法提炼，但是可以

---

[1] 《亨利四世》和《亨利五世》中的角色，是一个成天在酒馆鬼混的粗野肮脏的人。
[2] 《爱的徒劳》中的角色，一个喜欢装模作样、附庸风雅的滑稽人物。
[3] 《冬天的故事》中的角色，一个自甘堕落的窃贼，但在机缘巧合之下却促成了好事。
[4] 《驯悍记》中的角色，一个聪明的仆从。

在万物的纠缠中自行浮现……我把您的全部作品搅和成了一片戏剧的泥沼，它最终会酿造出什么呢？那个从混沌中析出的意志属于谁？是您？是神？还是某个最后的角色，某个无法再被其他角色扮演的角色？您本人难道不好奇吗？还是您其实早就知道答案？

"既然您不说话……我想和您探讨一个问题，关于喜剧和悲剧。这个问题并非和眼下的这种混乱全无关系。您说过，是欲望推动了戏剧。那么在一定程度上，是否可以说，在喜剧中，欲望终将被满足，或至少部分得到满足，而在悲剧中，欲望终将破灭，或至少被证明为不可满足？如果确实如此，这便是一种反信仰。换句话说，喜剧和悲剧的二分颠倒了天堂和地狱的二分。因为教义本就对欲望持否定态度，天堂只能奉行禁欲主义，而地狱的惩罚在极致的、具有针对性的官能刺激里，却包含了对欲望的过量的、灾难式的满足——不得不承认，痛苦总是伴随着快感，或者说，痛苦就是无力承受的快感。天堂的悲剧，地狱的喜剧……您看，这就是那个把一切搅成一团混沌的旋涡。"

戏剧家平静下来。眼前人的形象渐渐显得遥远，渐渐失去了在场性，像是一种无人见过的颜色、一个无法经历的时刻、一种神秘的疾病或感情。伯爵说话的模样好似在吞吐烟雾，词句仿佛不再以声音，而是以气味的形式一团一团地飘过来，莎士比亚张大耳朵，有气无力地嗅着。他突然发现自己的脊背已被冷汗浸透。

"我得承认，我给人们看的东西和牧师的布道词大不一样，"他先是做了个深呼吸，然后回答道，"另外，人们总在不自觉间站在与信仰对立的位置上，他们嫌天堂太素净了，不及地狱绚丽。但您刚刚所说的，并没有什么意义。欲望的满足和欲望的破灭，都是欲望的退场和终结，无论喜剧还是悲剧，到了落幕都是熄灭、是消散、是沉寂。与其说在喜剧中欲望得到了满足，在悲剧中欲望未能得到满足，不如说，喜剧中的欲望是可以满足的欲望，悲剧中的欲望是无法满足的欲望。戏剧和天堂或地狱扯不上关系，天堂和地狱是散场之后的去处。"

伯爵只倾吐，不反驳，脸上始终保持着一个不置可否的微笑。莎士比亚觉得，这人要不是根本没有成熟的观点，就是实在太过固执己见，而他本人，则远比自己以为的更温和，几乎不懂得如何发怒。

○ ● ○ ● ○ ●

语言在不知不觉中淹没了时间。

脚步像船,影子像帆,托着他们在道具和布景的世界里起起伏伏。当没有重量的帆布像两把灰色的折扇悄然收拢的时候,正午的白浪已没过他们的头顶。

斯托克伯爵率先在一株垂柳底下搁浅——那种瀑布般的植物虽不能荫蔽他,却足以笼罩他——他伸出一条手臂指向前方的街角,邀请诗人和他一起去那里的小酒馆共进午餐。

店里超乎想象的喧闹和不温不火的生意不成比例。戏剧家早就明了,语言作为特殊的噪音,作为意义的爆炸式宣泄,有着相对于其他声响的优先性。只要合理运用天赋,经过精心安排,就能让耳语发出雷霆之音:这正是他的工作。然而,当这些华丽的烟火都在听觉表层喷发,连那些深藏在心底的呢喃,连那些记忆的回响和思想的低吟也不例外,一切都被粉碎了,鲜艳的粉末交相混杂,只余下一片色彩斑斓的迷雾,所有意义都失去了意义。

戏剧是一种仪式,所有语言的激战和意义的纷争都有内在条理,不该出现这样无序的、搅拌器般的处所。这实在令人不安,也让人恶心,就像被迫观看屠宰的场面。不过,莎士比亚也因此头一回留意到,荒谬产生于庄严与庄严的撕咬,非理性则脱胎于理性之间的混战,在意义的瓦砾之上,那些阴暗暧昧的无意义成分会凸显出来。

有人一边打着酒嗝,一边既痛苦又舒坦地呻吟着;有人发出满足的呼噜声;有人情不自禁地骂娘;有人跟面前的空无开着破碎的玩笑,还有口哨、语气词和各种各样的叹息,这些声音似乎都有概括一切的潜能。莎士比亚觉得自己正在接近谜语和咒语的力量,但发生在内心的奇遇总是十分短暂,很快就溜走了。

○ ● ○ ● ○ ●

戏剧家吃了烤羊羔肉、卷心菜,喝了酸葡萄酒。菜的味道不错,可惜他的胃口不好。他留意到在众多高谈阔论的食客当中,有一个面孔被胡茬遮掉一半的男人。他似乎在尝试与每一个人对话,但所说多半是可有可无的搭腔,不仅没有表达任何观点,甚至连一点感情色彩都没有。殷勤又自傲的主人对客人的好奇心总是特别敏感,斯托克伯爵也不例外。他只顺着莎士比亚的目光看了一眼,便开始主动向他介绍那人的来历。

"他曾经是我的园丁,"他淡淡地说,"后来在我的领地、我的舞台上流浪,至今还没找到角色安顿下来。不是他演得不好,事实上,他很有天分。不过,您是知道的。才华是某些人的宝藏,对另一些人来说,却是致命的陷阱。起初,他分配到一个很不错的角色,演得也相当出彩,可他觉得太容易了,嫌它没有乐趣。他就是这样,总想尝试新的角色,总想换一种新的人生。似乎在他看来,这就像换衣服一样方便……那些没有目的地的旅行者,总有一天会发现自己又回到了原地。什么都没有改变,但有一段人生已经被永远遗落在身后了。他没戏了,被他抛弃的角色也都抛弃了他,他谁也演不成了。"

伯爵不清不楚地喊了一声,那人听到了,就朝他们走过来。一道从天窗降下的阳光将一根旋转的尘柱投在他们之间的桌子上。莎士比亚久久注视着眼前这个看不出年龄的憔悴形象,这张脸有些哀伤也有些惊慌,让人想起那些不得不在白天出洞的夜行动物。

伯爵为来人叫了一大杯啤酒,酒杯是精致的银器,杯柄是一个用双臂托举杯肚的裸体男人——也许是西绪福斯,也许仅仅是一个肌肉发达的奴隶。啤酒泡沫正像雪山一样消融,散发着新鲜麦穗的芳香。在这种情形下，人一不小心就会大发感慨。

尽管戏剧家觉得，伯爵为他引见这个被角色之国永久放逐的演员，未必存着什么好意，可依然按捺不住想与这个陌生人交谈的愿望。上帝如果在他的宇宙中遇见一个例外，一个并非由他创造的事物，恐怕也会难以自持。

"先生，"他说，"你多大年纪？家里有亲人吗？靠什么为生？为何要任由那些人嘲笑你，又为何跟嘲笑你的人聊得那么起劲？"

流浪汉皱着眉头，答非所问地说："你的问题太多了。虽说，只要我知道自己是谁，就不难回答。但是我不知道。我常常问自己'我是谁'，或者干脆问'你是谁'……你瞧瞧，有时候，我甚至不拿自己当自己看。我应该远离嘲笑我的人吗？那不好说。他们要驱赶我，甚至都不需要用到鞭子吗？就算的确应该，只要还有像你这样的、能够指认'应该'的人存在，我就得坚持做'不应该'的事。不然，我怎么体现我的自由意志？"

"'不应该'是被'应该'定义的，你还是没有什么自由意志，"虽然并不情愿，但诗人还是轻蔑地笑了，"事实上，说'应该'和'不应该'是同一回事。

画出一条线，不管站在线的哪一边，都被这条线囚禁了。"

"我得站在线上。"那人说。

"那是最糟糕的，"莎士比亚说，"那样你连动也动不了啦。"

那人愣了愣神，哼了一声，用青筋暴起的手提起啤酒杯，仰起脖子一饮而尽，然后就借着明显过头的、戏剧化的愤怒拂袖而去。但在转身之际，他的眼睛里却透出与他的动作完全相悖的暗示。在两人目光相触的片刻，莎士比亚仿佛读完了一封用闪闪烁烁的星光缀连而成的密信。

他出神地注视着那道离去的背影，看他用手肘顶开饭店的门，走了出去。那人的动作粗暴而又突然，沉重的门板猝不及防，被撞得呻吟了一声，发起火来，倔强而又徒劳地摆回原处，像蛮牛一样甩动身躯，狠狠地跟门框交战了几个回合。

诗人久久沉思，完全忽略了正连连向他赔罪的斯托克伯爵。半晌之后，他才抬起头，露出了一个谜一般的表情，仿佛洞悉了什么，又仿佛恰恰陷入了困惑。

"可否失陪一下？"他问道。

伯爵发现，这简简单单的一句话，竟在逻辑上对他发动了一场严密的围剿。如果他拒绝，那么显然有悖于待客之道，甚至可能等于承认自己的邀请带有强制性，近乎绑架；如果他欣然同意，那么他的向导地位将被证明并非必须，甚至他在他的王国之内所享有的至高无上的主权也在一定程度上被撼动了。

在莎士比亚看来，此间的主人又回到了初见时那种无个性、无意志的状态。这似乎是室内环境对他的削弱：让他的思绪无法流动，让触手一样伸向世界的官能缩回无欲无求的脚底。这位用权力和财富小范围创世的贵族，甚至没有提出任何疑问就同意了客人原本并不坚决，甚至在提出前即已准备退却的请求。

○ ● ○ ● ○ ●

戏剧家出了门，很快就找到了蹲在墙角的流浪汉。那人用手臂支着脑袋，看着莎士比亚，脸上挂着友善、天真，却也不乏嘲弄的微笑。

"别担心，他不会跟来的。"说完，他便起身走了。

诗人一直跟着这道陌生的背影，尽管那人没有对他透露什么，甚至也没有对他透露将会透露点什么的意思。出于一种神秘的原因，他几乎是本能地跟随其后，就像在疲倦即将抹掉意识的子夜时分，本能地跟随那些模糊而又遥远的灵感。

他们躲避着午后的艳阳，沿着老鼠才会走的路线拐弯抹角地在暗巷里、阴沟旁穿梭。在莎士比亚渐渐开始怀疑，甚至即将开始相信他渴求的答案和寻找的句子永远不会出现的时候，那种意外的、被动的、带着针刺般痛感的救赎又一次降临了。在那样的时刻，鱼终于追上了，并且满心喜悦地叼住了一直在逗引它的钩子。

"我想，你是在用环境来做一个表演，用移步换景的隐喻来传达一个比所有表情都更值得玩味的表情，比所有动作都更富表现力的动作。这是你在这个无比广阔的舞台中摸索出来的表演方法。一个第一视角的表演方法，你让观众进入你的身体，借走你的眼睛。我本以为，这与其说是个理想，不如说是个神话：伟大的演员取消自己，保留角色；最伟大的演员将自己和角色都取消了。"

那人停下脚步，转身面对诗人，却没把注意力放在任何特定的实物上，而是像在河边饮水的梅花鹿一样，似乎对眼睛关照不到的背后和两侧远比对眼前的人更为上心。

"这个逻辑似曾相识。什么都不是，等于就是一切；哪里都不在，等于无处不在。啊，这不就是我们给神圣下的定义吗？不过，可惜，我觉得上帝就是个平庸之辈。"他轻蔑地笑着说，目光透过莎士比亚的身体凝视着某个不确定的对象。

"就像此间的领主，咱们那位掌管一切的可怜虫。他就算无所不知，也只能当个自以为是的观众；他就算无所不能，也只能在幕后倒腾见不得光的道具。他就算不朽，也只是一具僵尸，哪有什么神圣可言。我不否认，我引你前来，是因为我确实对你有许多期待。嗯……我甚至期待你说出刚刚那一番话。但请原谅，我还是笑了，因为你的见解就是个笑话。演员的生命张力并不在于角色和自我的相融与相斥。主体性，你们太在意这个东西了，你们假设演员就是会选择和变换主体的人。不，演员没有主体，演员是被环境决定的，尤其是被环境的性别决定的。你至少说对了一点：环境本身就在表演……不过你可能不知道，环境还有性别，雄性叫舞台，雌性叫后台……"

这副面孔上堆满了傲慢和愤慨，但嘴角却泛起具有消解作用的自嘲意味。诗人盯着它，心底冒出一个奇怪的想法：有个性的人总是倾向于隐藏个性；而没有个性可以被视为一种难得一见的个性。他觉得这个想法非常值得玩味,因此,对于这人的冒犯,不但不以为忤,甚至还有些愉快。

"这么说吧,"流浪汉喋喋不休地讲着,"环境不是背景,我们才是……雄性的环境和雌性的环境秘密媾和,产生了角色,以及身份……我们并不拥有角色,拥有身份,我们只能通过表演去占用角色与身份……表演才是我们的存在方式……但是我们执着地追求生活,或者说,我们没有办法摆脱生活……我们也没有办法进入生活……很显然,生活中没有角色,角色中也没有生活……多年以来,我想从角色里发现生活,但失败了。当我是卡厄斯·马歇斯[1]的时候,我俊美得像一个从黄金时代活到今天的人,我浴血奋战,我坚守可憎的精英主义,我被人爱,被人恨,然后呢……我睡觉,我吃饭,我和妻子争吵,互相厌倦……这就是生活。可是你看,生活不属于卡厄斯·马歇斯,生活没有个性,生活不属于任何人。在生活中,我谁也不是,我不是马歇斯了。角色就这样被我弄丢了。那么放弃了角色,我就开始生活了吗?没有……如果连

---

[1] 《科里奥兰纳斯》的主角,一位伟大的战士,有着阿喀琉斯般的威武形象。

角色都没有了，那是谁在生活呢？我们把生活当作目的，我们搞错了。生活是我们想用戏剧来拯救的东西。我们要么就在舞台，要么就在后台，不然就会掉进阴沟里。"

"可是表演也不容易。你看，"他接着说，"这里所有人都在演，所有人都假装自己有一个角色。每个人都在说'我是谁'，当然啦，这是因为，每个人也都在问'你是谁'。但角色从不给人任何允诺……当然，角色也从不拒绝、从不排除任何人……角色只是不置可否。"

"嗯，"莎士比亚郑重地点了点头，"我想我明白你的意思。每个人都想找到自己的角色？可谁知道上哪儿去找呢？我是个剧作家，我让角色说话。我用台词来定义角色……"

"台词？那些死不瞑目的语言？你想把我们的嘴巴变成棺材板吗？"那人摊开双手，快速地来回踱步，晃着脑袋说，"如果角色必须说话的话，肯定也不是为了定义自己。他说什么，至少不全部取决于自己，还得看他在跟谁说话。事实上，比起定义自己，他更想定义对方。想想看，作家先生……我们是怎么对人说话的呢？我们以为是自己在扮演什么角色，可是想想看,我们真能用语言把握一个角色吗?实际上,难道我们不是在把握对方的角色吗?我们想象对方是什么人,或者我们希望对方是什么人,这才是我们说话的前提和依据。我们以为凭借说话就能给自己一个角色,其实我们得先假定对方有一个角色,才能开口说话……一切都事与愿违,作家先生,跟你的戏剧正好相反,说话没有用……语言已经衰老了……更可悲的是,它还在卖力舞蹈。这是怎样的一种丑态啊?"

他一边说着一边迈开脚步,继续前进。夜幕即将落下。

○ ● ○ ● ○ ●

两个走夜路的人,在月光的映照下,追着标枪般狭长的影子,来到郊野之中。专供人行的道路至此便中断了。他们弓下身,摘掉粘在衣裤上的苍耳刺球,然后便站着,看着,想着,许久都没动。蝙蝠在空中忙乱地拍打翅膀,乌鸫藏身在乌云状的树冠中,像打更人似的,以均匀的节奏发出凄凉的啼鸣。除此之外,万物静默。

"作家先生,咱们到了。这里除了咱们,没有其他人,"流浪汉像变魔术一般,伸手从一棵梧桐树上取下一盏煤油灯,一边划着火柴,一边说道,"也就是说,咱们终于退出了舞台,进入了后台。这可不容易。"

莎士比亚盯着前方黑黢黢的乱石岗,发了一会儿呆。这里是如此的幽静,如此的荒芜,但并不令人紧张害怕,只让人感到疲倦。在这里,似乎所有的神话都消散了,所有的精灵都湮灭了。这里没有趣味性,没有戏剧性,没有可能性,没有突如其来的转折,没有伺机待发的伏笔,没有任何波澜,没有任何一点能够照亮贫乏的神奇火花。这里没有氛围,这里甚至没有回声。

他想了想,说道:"后台?我不知道你们是怎样定义后台的。在我看来,后台是卸妆的地方……是休息的地方……是可以沉默的地方……是可以喧哗的地方……是可以让意义靠边站的地方……是偃旗息鼓的地方……是时而挤满了人、时而空无一人的地方……是既挤满了人又空无一人的地方……是只能作为反面存在的地方……或者至少,是个密不透风的地方……可这里……"

"请跟我来。"流浪汉笑了笑,转身向前走去。作为带路的向导,这人的脚步实在太快了些。他那苍白的身影像一根蜡烛在无声地燃烧,越缩越短,直至后来，仿佛烧尽了，只剩下一缕似有若无的轻烟。幸好他手上还有一盏油灯。红色的灯火起起伏伏，渐渐在黑暗中刺出一道细小但深刻的伤口。眼看着连这最后的光明，连针尖上的唯一一滴血珠也行将消失，诗人才赶紧拔足前行，跟了上去。

一缕微风缠绕着他，挑逗着他，像近在咫尺却无法把握的意义。脚下颠簸着，感受越来越飘忽，意识似乎浮在比身体略高一些的地方。他像在海底行走的磷虾，身体不由自主地前倾，得勉力控制着重心，才不会翻跟头。应和着夜晚隐秘的律动，他跌跌撞撞地加快脚步，最后甚至奔跑起来，但依旧没能缩短与前方那道身影之间的距离。

哦，谢天谢地。那人总算停下来了。莎士比亚快步赶上，站在他身边。

这是一块没有围墙的公墓，大大小小、各式各样的墓碑散布在一大片坡地上，站在他们的位置向上看去，如同在读一张巨大的、书写凌乱的稿纸。——多好的联想啊！随着人的死亡，肉身进入了一个符号化的过程，渐渐被剥去血肉，只余下骨头、只余下结构、只余下笔画。深不可测的幽冥张开大嘴，来者不拒，不断吞下这些白森森的文字。把头探到洞口，朝下瞧瞧，里面一定大有文章——篇幅无限，字迹潦草，可读性极差，只是同一个字眼的堆积。是啊，死亡的文体太单调了，简直毫无创意，不过，它也有它的好处，下笔可以随心所欲，就像只有一个音符的即兴演奏，未必不能使人陶醉。

说来可笑，人们用以对抗这个食字深渊的唯一办法就是给它投喂更多的文字，直到它吃不下为止，于是就有了墓碑，就有了讣文，就有了祷文，就有了颂词，就有了寓言，就有了经书，就有了诗歌、有了小说、有了戏剧，于是就有了写作。

那晚的天空十分暗淡，只投下一层薄薄的肉桂色月光，显然太陈旧了，太疲弱了，对于顽固不化的阴影无能为力。莎士比亚耸了耸鼻子，除了泥土与草木的芬芳，还嗅到一股谜一般的气息，仿佛一头远古的巨兽被细雨淋湿了毛皮。流浪汉脸上似笑非笑，做出一个充满暗示的、颇有城府的，甚至可能略嫌阴险的表情。

"后台，作家先生，也叫作秘密，"他举着灯，凑近一块歪歪斜斜的墓碑，说道，"秘密往往并非不可见，而是被人视而不见。观众心甘情愿地被灯光操纵，投入巴掌大的舞台当中。你还没有发现吗？作家先生，一切都摆在你面前了。"

诗人打了个哆嗦。从H到K,墓碑上的花体字母像一群突然惊醒的毒蝎,甩着尾巴,蜇了他好几下——"丹麦王子哈姆雷特"——墓志铭是:

> 毒液使血脉逆流,
> 助我漂游至你的国土,
> 幽灵啊,我的父亲;
> 语言啊,我的君主。

○ ● ○ ● ○ ●

他的鼻子感到一阵酸楚,想必是吸入了此地的尘埃——这些混进了溃散的骨头和人格的尘埃,这些飘荡着的、时而像银一样浮华、时而像铅一样静默的尘埃,让他忆起日间见闻中的一个极不寻常之处。在伯爵带他走过的那块无边界的巨大舞台上,莎士比亚戏剧里所有的配角,有名字或者没有名字的都出现了,但主角却都缺席了。仿佛他的宠儿们个个都被扒光了戏服,被捏住了喉咙。是谁剥夺了他们的形象和他们的声音?是谁取消了天才的心血凝结而成的典范性?

他们走到哪里,灯光就照到哪里,太阳和月亮,风和雨,都紧跟他们,他们怎么可能销声匿迹?

"你们这些剧作家啊,"流浪汉压低了腔调,抬高了下巴,自信得像一个先知,"你们啊,不制造点儿神话就活不下去……尽管你们有时候也破坏神话、毁灭神话,可你们用来捣碎神话的工具还是神话。你们手里头最无坚不摧的神话叫作'个性'。和'个性'相对的词是什么?共性?普遍性?总体性?反正,工匠们总是需要制造一些标记,或者,至少是一些痕迹,他们要切割、要雕凿、要刻划……没办法,这就是工匠的存在方式,天然的、混沌的状态是他们没法忍受的。在我看来,这是根本问题。你们设计了自以为精妙绝伦的个性,还把它装在动人心魄的命运里。你们拿人来展览,来启示。可是你看,一般意义上的生活不美也不丑,也没有任何真理任何教益。你们以为自己在打磨熠熠闪光的宝石,可其实,你们一场一幕的,把它切得太轻太薄了,就像一片亮晶晶的雪花,一旦拆掉舞台,推倒剧院,让它进入尘世的'喧哗与骚动'[1]

---

[1] 典出《麦克白》第五幕第五场,绝望的麦克白大发感慨,说人生只是"一个愚人所讲的故事,充满着喧哗与骚动,却找不到一点儿意义"(朱生豪 译)。

中,一旦任由它落在热气腾腾的牛粪堆里,它就会被辱没、被吞噬、被消灭。你的主角们太脆弱了,作家先生。"

他边说边走,灯光从一排墓碑上渐次扫过。

诗人发现,黑暗中的光芒具有强制性,规定了一种本不存在的次序感,给夜晚分出了页码与条款。这是梦呓与谶语的阅读方式,是通过明暗的摇曳与游移操控注意力的魔术,是通过遮蔽来彰显的权力意志。目光扫过,搁浅在石头上的字符便蠢动起来,不再沉默,神或魔鬼从虚无中俯下身,在作家的耳边窃窃私语。麦克白、罗密欧、安东尼、克莉奥佩特拉、赫米娅、拉山德、李尔、凯撒、辛白林、雅典的泰门……能指似星辰,所指如露水。这些名字里灌满了风、时间、神秘与抽象,膨胀起来,升上高空,成为一个个遥不可及的乌托邦气泡。他看到,在这个蝉蜕的阵列之中还留有一个空缺,他明白,所有这些名字都在等待那一个名字,他甚至已经听到了细若游丝的呼唤:威廉·莎士比亚。

"主角必须死?"诗人的痛苦和困惑化为一串自问自答,"是这样吗?是的,因为他们都是极端矛盾的。这都得怨我……因为我总是在犹豫,不知道个性该由优点来定义还是该由缺陷来定义。不，不，我常常会混淆优点和缺陷……我错了吗？我创造他们，难道不是为了澄清什么、阐明什么、解答什么吗？唉，我错了。出生只是抛出了问题，死去却不是问题的答案。这一大片荒冢什么也不能解答……只有一个拒绝回答的表态，重重复复，无休无止……除了那一位的葬身地，别处是找不到答案的，这里的每一个土丘都只会永远沉默，再没有第二座坟墓能够容忍一次复活。"

"戏剧即葬礼，"流浪汉又露出了戏谑的、细看之下还带些悲凉的微笑，说道，"主角是葬礼上唯一被那位神圣的收割者用镰刀祝福过的人，他冰冷的脸庞熠熠闪光；周遭那些众星捧月的配角们则面目模糊黯淡。他们环护着他，陪衬着他，托举着他，隐藏在他的阴影里，散场之后，他们无声无息地撤出，赶赴下一场葬礼。配角们没有什么辨识度，也许因为他们没有什么个性，也许因为他们的选择从不由个性决定，所以他们什么都能适应。他们就像一大摊不成形状的、黏糊糊软塌塌的淤泥，填满了历史的大坑，而主角就像一种美丽又可悲的晶体，最多在历史中闪现一个瞬间，就马上被淹没了。他们的独特性和棱角分明的确切性，只能支撑一次性的生命，之后呢？折断了，粉碎了，消失了……最多只能留下一个名字……配角们不在乎名字，他们的名字随时可以更换，谁也别想用一个名字把他们钉死在墓碑上……主角和配角，他们当中，哪一个才算真正的不朽？"

这时，雾气在山野间弥漫，像天与地的一场误会，像环境对自身的遗忘，像一个庞然大物突然烟消云散——像一头巨鲸的茫然。野花悄悄合上眼睑，散发着死亡的芬芳，北风的哀鸣震颤着草尖，颗粒状与丝絮状的白烟流过隐忍不语的荒原，缓慢而神秘地操演着世间所有的律动——沉降、飞扬、盘旋。

不知是雾气还是冷汗沁透了衣服，莎士比亚打了一个激灵，变得格外清醒。他淡淡地说："这个问题既没有答案，也没有意义……大家总都是自己的主角，也都是他人的配角……如果您的问题其实是咱们二人之中谁能更加长寿，那么我宁愿承认，是您。我并非不能摆脱威廉·莎士比亚，而您呢，您并非没有身份，不但有身份，还有目的……一个绝不卑微的身份，一个绝不含糊的目的……您打算何时对我宣布呢？"

"您的判断力实在高明，"流浪汉先是哈哈一笑，又缓缓敛住笑容，以肃穆的、缺乏人情味的官方口吻说道,"我受雇于绅士治安委员会[1],目前还不能对您公开姓名……请原谅……为了替女王陛下分忧解难,我在斯托克伯爵身边潜伏多年。现已查明,这位伯爵是一个居心叵测的清教徒、一条慈眉善目的毒蛇,他和他的党羽一直在暗中密谋,意图对女王陛下不利。刚刚我从树上取下灯,点着火,就是对一直躲在一旁静静观望的密探发出动手的讯号,等天一亮,皇家卫队就将赶来此处,展开抓捕行动。作家先生,我必须请您立刻离开,不仅远离这座城堡、这片野地,也要远离书写纸和鹅毛笔。文字才是真正的是非之地,您最好不要再踏足其中。试想一下,如果您不肯歇笔,那么恐怕您此后创作的任何作品中的任何角色都会引发我的猜疑……毕竟,我只想做一个无名无姓的配角而已。"

○ ● ○ ● ○ ●

夜很长,超出了此前此后的每一夜——黎明像一只娴静的白鸽,被关在黑暗的鸟笼里,上帝的手已经搁在笼子的门闩上,但不知为何犹豫了。诗人在颠簸

---

[1] 伊丽莎白一世时代的特务机构。

的道路上奔走了大半夜,来到了一个岔路口。一边是伦敦,一边是埃文河畔的斯特拉福德[1]。他坐下来,等待着天明,等待着一片羽毛落下,等待着一个发光的砝码让天平向某一边倾斜。无论他选择哪条岔路,都将走出你的想象之外。

---

[1] 威廉·莎士比亚的故乡。

流沙陵园

一

唉！

叹息，接着我说：孤独。但我的说辞不会被采信。孤独本身就是缺少旁证的。

如此，倒容易招致一种猜测：本文作者是在牢狱中写作的。凑着被窗棂切分、被树影搅浑的月光，用短到捏不牢的粉笔头，在微波荡漾的格子小池塘里捕捞词语；也许狱卒的管理严苛而无理，根本没给他留下书写工具，整篇文章都只是发烧的头脑所作的无谓的构思——一个失眠的夜晚，一张又冷又硬的石板床，一个人像纸一样，将自己摊开，蒸腾的想象沁透了衣裳。

可是诸位，你们至多只对了一半。你们了解这种水面书写的无效性，也知觉到这些文身般的——不，是疥疮般的字，带给我的刺痛，但是你们怎能将孤独混同于百无聊赖与幽闭感呢？要知道，孤独如此重要，空间与距离在孤独中悄然展开，轻视孤独便等于轻视存在。

人自称孤独，实质是迷失于"我"之寥廓。

这个孤独的人，这个溶解于"我"的人，对于被稀释的身体无能为力。在被过分强调的独处中，在神殿般的静穆中，第一人称的宇宙倏忽爆发，将他抛离脚下的寸土，钉在苍茫的群星之间。他只能躺着或坐着，借床或椅子将身体拢住，背靠穹顶，徒然瞪大高悬在地平线上的眼睛。

他看着，并且说：唉！这渺小的生活。

本人就是这样一个对自己袖手旁观的人，因为孤独、因为误入自我而获得了超常的视力，半生以来片刻不停，一目十行地阅读这本不得不读的"我"之书。眼下的篇章不过是从中摘录的一页，之所以贸然将之奉于诸位面前，只因这一行为本身也被记载在书中——我实践着我的阅读，从一而终。

你看，这个被认定为作者的人其实只是另一个读者。虽然令人汗颜地获得了署名的权利，但我所做的并不比诸位更多。

我，一名守墓人，多年来独自看护着身边的白骨森林，这一职务承袭自我的父亲。

从记事起，我就在死者的包围中成长。仿佛与"墓"和"牧"的谐音有关，在童年记忆中，我的家是一座美丽的花园，繁茂如热带雨林。

我们的房子虽然外观小得像模型，但内部却是一个幅员辽阔的帝国，有它的都城和行省、边疆与中原。一个孩子的野心绝不超出身躯的实际占有——作为统治者和征服者，我拒绝比例尺和主权象征，只凭双脚管理和巡查我的领土。

对这里的大事小情，我谙熟于胸，从不放过任何一次发生在蛛网上的生死搏斗，以及老鼠在暗处的窃窃私语。方砖缝隙间的浮土是微观的地质学语法，告知我蚂蚁驼队的迁徙路线；患有哮喘的火炉则是一个老朽的先知，用它滚烫的舌头发出嘶哑的告诫之声。

如果从空中俯视，墓园的版图就像一具躺在解剖台上的尸体，袒露着各归其位的内脏——形式附和了内容，整体屈从于局部。

小屋是心房，屋门外的压取式水井则是一件外置的助动设备：一个心脏起搏器。每次取水时，我都要卷起裤脚，把脚搁在滑腻腻的石槽里。手上一使劲，把杠杆扳下来,便会有一股冰凉的水流像一段悠扬的乐谱拨弄脚趾,让人舒服得想要尖叫。紧挨着井边,一棵高大的柏树以虬结的枝杈盘成巨大的树冠,像一座绘有庄严壁画的绿色教堂,令抬头仰望的人肃然起敬。可叹的是,这位木本中的王者却对疥癣般的寄生植物无可奈何,每当有风吹过,都会抖动奇痒难忍的躯干,发出低沉的悲鸣。

一条碎石子的小径从我们的门前开始,纵贯整座墓园,小径两旁簇拥着形形色色的坟包,仿佛有一大群待产的孕妇躺在那里。地下与地上相得益彰的二元结构令这里成为沃土——土壤中盛放不下的死亡经由根系向地面喷洒烟花;吸饱了阴间的营养,鲜花和浆果美如尘世的繁星,焕发出格外丰饶而迷人的光彩。

墓园的围墙曾被受惊的骡子撞出一个豁口,还有好几处遭恣意生长的野草洞穿,但我们从没有修补过,而是听任外来者随意出入。时常有牛羊挂着铃铛,淌着口水,越过我们从未见过的、不知身在何处的某位邻居家的畜栏,由墙上的破洞钻过来,溜进死者们的集体梦境,只为寻摸一些苦苣菜和沙枣树的嫩叶吃,甩着脑袋,口鼻翕动着,发出夸张的咀嚼声。间或踱到井口,用粗大灵活的舌头啧啧有声地舔着湿漉漉的水槽。

幼弱如我，并没有太多主权意识，多半不为所动，自顾自在屋里玩耍。彼时，正当我盘腿坐在方桌下面，成功地将桌底的空间幻想为由四根巨柱撑起的皇宫大殿之时，门就突然打开了，一阵穿堂风将乳臭未干的君主吹下王座。我看见拎着酒瓶的父亲凶狠地瞪着血红的眼睛，像一只狼狗似的蹲在门口，突地弹起，大喊大叫着扑向我的那几位不会说话的朝觐者，用随手抄起的木棍或者火钳劈头盖脸地招呼着。

世间的每一滴水都出自自然的泪腺，绝无可能在任何地方寻得一种无因的存在：我必然拥有我的起源。但"母亲"这个词，对我是一个忌讳，也是一个谜语。我的世界自幼便被切除了阴性的一半，被割断的脐带空荡荡地垂落在尘世中，像一道被挣脱的肉体之绳。若要追溯血缘，在我体内的这条红色河流，只有父亲孤身一人兀然站立在上游。

啊，父亲，狠心的父亲，醉醺醺的父亲。他对他的儿子并不比对那些误闯禁地的牲口更为优待。有关他的每一个记忆几乎都伴着疼痛，对家中那些于他而言较为趁手的东西，我的身体远比眼睛更为熟悉。

或许可以这么说：在亡灵的环伺中，我和父亲以地狱的伦理相依为命。然而，我们横加于彼此的刑罚却编织了一种罕见的深刻羁绊。与之相比，亲情只是一种模糊而霸道的仪式感——令人对别无选择的身心依附的关系，对不得不作为对方的注脚、相互补充和相互释义的谱系角色顶礼膜拜。这种自欺欺人的习俗、这些舐犊情深的假象，只会导致一种处处算计的、可耻的忧郁。

父亲为我充当了亲情的祛魅者，不幸便是我和他之间的最高默契。

但若非要说我的家庭，这只豁口的器皿当中只能盛放歇斯底里和极端的冷酷，那又是一种赌气的、失之偏颇的说法。事实是，父亲以怒吼和阴阳怪气的揶揄施行着与那些仁慈的、循循善诱的家长同样有效的基础教育。

我还记得自己是怎样在巴掌底下学会认字的。认字，这种在意识的荒原中逐个排列、逐层堆积人造方块，并在其中建立蛛网般错综复杂的交流路径的行为，与我童年时代的墓园和青年时代的城市——它们是我的世界的前门与后门——彼此之间都存在着高度的拟态关系。仿佛墓碑与建筑的宏大排版，都是填塞在我们身体里的文字漫溢而出的外在化表达，是一种壮观而无声的语言，诉说着我们的生活、繁衍与死亡。

那不是一个递进的过程，而是一个醍醐灌顶的时刻。一种长时间在身体中积聚的光芒在一瞬间决堤，堵塞的内耳被事物的巨大轰鸣声撞开，过往被眼睛囫囵吞下的沉默形象在脑海中欢叫着、倾诉着。意识的夜晚终于结束，在自我的黎明，我仿佛由第二子宫再次降生。

新生的感官通过倾听来观看、通过观看来倾听，这种关键性的贯通与开启唯有"太初有道"的时刻方可比拟。我开始着迷于理解世界如鲸歌般的超频语言，那种超乎寻常的好奇绝非一般对于新玩物的热衷可比，只有丧失一切而后失而复得才会有如此狂喜。

我紧攥着这个重新拿回来的童年，泣不成声地念出父亲展示给我的字眼：那是我的名字。我费尽九牛二虎之力，才歪歪扭扭地在纸上画出这个比我本人更为坚固可靠的我的形象——它不仅取代了"我是"，还抢占了"我曾是"和"我将是"——仿佛想一劳永逸地将之镌刻在墓碑之上。

阅读在最初至为纯粹，满足于一种咒语式的神秘体验，并不依循语意的规定画地为牢，也不倒向任何内容及风格上的偏好。为了满足这种无差别的阅读欲，世界——首先作为一个词苏醒过来：那庞大的沉睡的地界，那些我未曾涉足甚或永不涉足的疆域发出了第一声呢喃，在这片狭小的立锥之地回荡着。仿照图书馆的范式，万物被分割与组合着，在空间和时间中形成依次排列的，以类属名之的相交、包含或间离的大大小小的集合。

在羽翼丰满并开始恣意漫游之前，这座墓园——勇气与细弱的双腿允许我抵达的极限范围——便充当了我的第一排书架，用于陈列杂草、野花、无名者的名录、无开端的结局，以及盖棺论定的历史。我念出每一块墓碑上的名字，却对他们一无所知：言说对言说者沉默着。

不，不可能是我说出了他们，而是这些名字借我道出自身，从而在我的口中复活。这种由书面到口头的招魂术早早地给我的一生定下了基调，如今我以写作给自己驱魔，正是为了让这些附体的语言变回文字——我在我的书中安葬它们。

我不爱好知识，不愿倾听前人的耳语，不愿被卷入绵延于历史表层的辩论海洋。但我仍热衷于阅读，几乎竭尽全力，哪怕明知自己只是泅游于一个浩大的谎言之中。除了一种求生的本能，很难解释这样狂热的努力以及被其所激发的潜能——我在深渊之中，但无法判断自己在上升或是下落，除了挣扎别无他途。

我几乎没有学会任何东西，只学到一种与自己的无知相配的困惑，但即使这困惑也能凭借观念的洪流，在我与父亲之间冲出一道沉默的海沟，而我正以此为生：我吸进他的沉默，呼出我自己的。

我拥有一段极为成功的学业，那是一个会让别人怀着嫉妒之情津津乐道的校园故事，尽管也许太单调了。而父亲只是抓着他的酒瓶在一旁冷眼旁观、不置可否。

就像瓜熟蒂落般自然，我摘取了我的工程学学位，之后在巨大而拥挤的城市谋得了一个优渥的职位。临别前夕，我才将决定告诉父亲，用一种与他无关的锦绣前程来羞辱他，甚至还对他举起酒杯，索取他的谄媚与祝愿。我的高高在上没能折服他，甚至没能触怒他。这些年来我们在他身上精心喂养的沉默，此时已经长成庞然大物，笨重、迟缓、萎靡、麻木、无所谓、不抵抗、狼狈、垂头丧气、丢盔卸甲，但却无懈可击。

我赢不了他。他的失败总是赶在我的挑战之前，我这暂时的胜利与他那永久的失败相比，显得苍白而无意义。这是他身为父亲的韬略：以他的不堪一击来瓦解我这避无可避的打击，轻易就使我的强大沦为一种残忍的小儿科。

那是一个百科全书式的夜晚，覆着一张璀璨夺目的湛蓝色封面，镶嵌着一整条熠熠闪光的词语的矿脉，亘古不变的词条在传说的云翳中飘浮，词意的光芒时时出现无法为人察觉的衰竭与偏离，业已失传的古老字眼拖着叹息般的尾迹，以诗的不可再现的名义从书中脱落，坠入未知。在那条一闪即逝的空隙中，可以瞥见由密密匝匝的地平线叠合成的、正陷入昏睡之中的无穷无尽的内页，其中堆积着被眼皮禁闭的有待启封的过往，以及蜷缩在步履之间的绵延不绝的未知。

我坐在裹满虫鸣的夜的褶曲中，在激荡着花粉与毛絮的鼓胀的灵感中啜泣。而我的前身，那只哇哇叫的猴子，那个被我包在内里的婴儿，以初生时的号哭宣泄最后的委屈——今夜他将被我彻底埋葬。这种子的反扑竟能摇撼大树：一阵稚拙的潮水蛮强地攻陷了我所有的感官和机能，我在眼泪中失语、失仪、肆无忌惮地呻吟，一切成长的尘垢与假象被洗刷殆尽，周遭的事物重又变得高大、陌生和神秘。

在即将被睡眠的乌云蒙住双眼之际，我抽噎着，生平第一次听到了流沙的声音：那窸窸窣窣的响声，是来自微观世界的安慰，它将我灌满，直至我沉没。

第二天清晨，父亲没有给我送行，只是依照多年以来的习惯蹲坐在门前。我没有回头，但能感觉到那如芒刺在背的目光，我知道他将一直凝望我，力求将我纳入他的内心。他将如此利用这离别的镜像：随着我们的距离越来越远，那拖着行李箱的背影越变越小，我便同时在他的内部越走越深，径直走进那最后的洞穴——走进他的遗忘。

二

此刻我问自己，我为何又回到这里，回到这座尸骸遍地的伊甸园？我不能不立刻想到一个女人的面容。当然也许，在那个年纪，很容易以一个答案来回答一切问题：爱情的雄辩是多么不可思议啊！

我曾为她而着迷，为她而成为一个滑稽的诗人。那或许是一个最为偏执的错觉：她的眉目之间，暗示着某种超乎常理的空间逻辑——我是一名建筑师，通过绘制蓝图耍弄一种空间的魔法——那貌不惊人的五官背后具有一种引人入胜的宽广：一座迷宫的宽广。

可想而知，一个幼稚的男人，对于异性的神秘感有着不切实际的期望，他的情感经验至少有一半出自虚构，即使最确切的记忆也近乎故事。

那时，我代表我的设计公司参与一个重点项目的竞标。在此处，其重要性主要表现在资金规模上。那实在是一个荒谬透顶的工作，它要求我在数万平方公里的沙漠中央安置一座博物馆，毫无疑问，其中值得严肃对待的部分仅仅在于揣摩它的象征意义。

原本我会将她归类为典型的甲方代表：刻薄，无知，顾盼间流露出讨嫌的自信，对专业一知半解，却极度迷信自己的直觉——由权力塑造的直觉。

在我的讲解过程中（很久以后我才意识到，在那一稿中，我的主要设计理念——半球状穹顶、全玻璃外墙——都倾向于让它像一滴水一样在沙中消逝），她不止一次地要求我解释一些不言而喻的问题，用意根本只在打断我，就好像在有意操控我演讲背后的隐秘节奏。就在我忍无可忍时，她却突然沉静下来，眼神迷茫，片刻之前还在挥舞的双手像一对疲倦、哀愁的鸽子，降落在洁白的手腕上。那种突如其来的无力感使我陷入恍惚，让我从中辨认出一种既疏远又亲近的形象。以往，它完全回避了现实的目光，只在梦的视野中才会短暂地敞开自身。

与其说那是秋季，不如说那是一个弥留的夏天。日子灰暗萎靡，由于厌倦天空，我们多半在室内活动——尽管我一贯认为，建筑的功用绝非助长这种厌世之情。之所以必须提及这一点，只因她留给我的印象总是伴着桌椅、灯光、墙壁和逼仄的空间感。我们频频相会，但话题从没离开过职业范围，我只是偶尔才表露出一个追求者的过度谦卑。她那些蛮横的意见越来越显出独到之处，与之相较，我那套缜密的专业知识不过建构在一种对平庸的顺从之上。

她纠正了我的一个致命的误解：我曾认为创造就是从无限多的可能之中择取相对而言更美、更实用的一种，但事实上，美与实用是根本矛盾的，拒绝承认这一点的人不是过于狡猾，就是过于愚蠢。

然而，我的自大并未因为我对她的彻底服膺而有所退让，两者都是无条件的，不能互相抵消，只能在反复冲撞之下将各自推向极端：对她，我越来越不屑，也越来越崇拜；越来越痛恨，也越来越热爱。正是在这种错乱的状态下，我才沮丧而又自得地意识到，废墟是建筑最具魅力的形态，我断定所有伟大的建筑师多少都认同这一点：创造只有朝向自身的毁灭之时才成其为创造。

我在非正式的场合对她所做的最后一次提案完全就是恶作剧，我的报复心理和赌气式的激情在那一刻给我注入了一种不属于我的生命——很久以后我才意识到，它来自我的父亲。

在此，虽非必要，我还是想首先描述环境，这将有助于唤醒记忆——在她的身边，我一直都是各种情调的俘虏，对环境敏感得如同一道裸露的伤口。

那是一次贯穿中心城区的漫步。街道明亮而又朦胧，如同它自己在水面的倒影。我们踱过街心公园，如此缓慢，每个脚步都足以充作对存在的一次确认。

她告诉我，她为那些在公园、地铁和咖啡馆里看书的人感到难过，她觉得，他们好像把自己从环境里抠了出来，完全成了一个端坐在椅子上的洞。

我对这个突兀的话题感到诧异，我不知道她是过于严肃还是过于不严肃，我的身上起了一层鸡皮疙瘩，但一种比爱更强烈的冲动让我想要应和这个话题。我回答她说："你所目击的其实是一些书吃人的场面，那些人读的是一种第二人称的书，那些第二人称的书，或者说'你'，会把它们的读者一口一口地吞食掉。"

然后我笑了起来，也许是为了消解这个失败的玩笑之中所蕴含的疯狂。

在我们身边，疲惫的人群从地底冒出，仿佛从贫乏中涌现的泉水——那时，适逢最末一班地铁抵达我们脚下，无声无息，如同一个秘密。为了从人流中脱身，我们躲在一株榕树底下，一言不发，像两只蝙蝠，在自己的影子里，在彼此的沉默中悬挂了一阵。

随后，我觉得自己一定得说点什么了——我感到了寂静的压力，想尽快摆脱它。那时的我并未预料到自己打破沉默的方式竟如此具有毁灭性，竟能把一生的平静化为齑粉。

我向她大致介绍了一个尚未成型的创意——原本我以为它很快便会夭折——并首先强调这只是一个不切实际的臆想，一个矫揉造作的白日梦。在和盘托出之前，即使我自己，也从未将这个疯狂的念头视为一件缪斯的礼物。但话题才开始，她的脸上便再次浮现出那种既茫然又洞悉一切的神情，之后，那风穴一般的面容开始鲸吸我的话语。我一边难以自抑地说个不停，一边为自己说出的每一个词语感到万分诧异：那些从我口中流泻而出的，是完全陌生之物，是沙粒一般滚烫的易逝之物。

我向她描述了那个在我的头脑中像怪物般拔地而起的建筑，它的简单和它的复杂，它的宏伟和它的畸异，它的精美和它的荒谬，都达到了同样令人震惊的程度。

那是一个与沙漠高度融合的设计，建筑物不必像阿特拉斯那样孤独而倔强地扛起天空，也不必向任何人承诺永恒。事实上，这个设计的来源便是沙漠的符号形象所表征的循环往复的流变性。简而言之，这是一座没有地基的建筑，其主体部分是两个相切的半球体，完全等大，分别居于地上和地下，由一个筒状的空穴贯通其间。主要的建筑材料是造价极为昂贵的，具有顶级受力能力的钢化玻璃。墙体的厚度远非一般建筑可比，内部中空，表面布满可开关的孔洞。

博物馆的内部布局极其简约，空间完全连通、完全敞开，未作任何隔断。除了供游客歇息的座椅、少量的陈列架，以及其他必要的公共设施以外，再摆放更多的陈设只会显得多余。

根据规划，游客将沿着一条圆形的动线，绕着建筑中央的柱状空间行走——由于透明材质的建筑并无采光之虑，之所以留出这样一个深井般的空间，如若没有类似教堂或神庙的、事关信仰的寓意，主要便是为了缩减游客的行动范围，将他们的双脚留在展品附近。建筑的墙体本身便是天然的玻璃展柜，大部分展品均摆放在中空的玻璃墙内，像是凝结在琥珀之中的古代生灵，对着游客的耳朵发出细不可闻的低语之声。

这种声音起初会使人迷惑，这种一次性的、不可复现的心理状态也是建筑设计的一个部分，考虑到建筑的使用者多半是匆匆过客，设计师力图放大并利用陌生空间给初涉其中的人带来神秘感。

无论多么巧妙的谜语，一旦被说穿，都简单得可笑。在人们恍然大悟的一刻，对于身在其中的他们而言，如一颗星球般庞大的建筑便在瞬间缩小为脑海中的一个岛屿，只需低眉内观，就能借一个无限切近的、俯视的角度，将它的全貌和一切细节同时尽收眼底。博物馆的"运作原理"——这个词揭示了它的性质更接近机器而非雕塑——并不复杂。玻璃墙体之内的每一格展柜都像是一个蓄水舱，通过墙面上的孔洞吞吐沙粒。在程序的精确控制之下，墙的不同部位会以不同的频率吸入或排出数量不等的沙，重心随之不断游移，使得整座建筑以一种肉眼难以觉察的速率缓缓倾斜，直至发生翻转。

就这样，建筑物的两个半球在纯粹如金色天空般的沙漠中，一上一下、一沉一浮，仿佛两艘在日月不可同辉的升降原则下起起落落的巨型潜艇。

当然了，只有更高阶的事物才可以在更大的时空尺度之上目击这一切。如若没有其他噪声干扰，在空旷的建筑空间中，人们在全神贯注之下，也只能隐约听见沙粒流动的声音——即前文曾提到的那种"低语声"；凑近细看，或许还会看到几缕蛛丝般的沙流；极端执着的人，若有足够的耐心，又能说服或者避开巡查的管理人员，在馆内长期驻扎，还可能见证一个陶罐、一只经匣被涌上来的黄沙掩埋，或从褪下去的黄沙中现身。但即使是这些遗世独立的"观潮者"，所看到的也只不过是一些碎片、一些不可靠的局部。对于整体，对于只能从宏观角度予以把握的、令人着迷的、饱含深意的规律，感官是根本无效的。

由于其速度太过缓慢，加之与墙壁不同，建筑的地面始终与建筑之外的沙地保持近似的斜度，游客们的脚底感知不到建筑的运动，但内在却被各种流逝的表象所激发，充满了一种在身不由主之时极易产生的、洞悉命运的渴望。正因这种渴望，以及对于这种渴望的补偿机制，一种古老的直觉被重启了，人的身体仿佛整个张开了，每一个毛孔都在汲取空间中流溢的讯息。凭借这种直觉，人超越了自身，与无可名状的原初神性取得了联系。

可以这么说，走进这座建筑，人们便走进了宇宙的心脏，走进了时间的内部，走进了存在的音乐性进程之中。

我费了不少口舌说明这座尚不存在的博物馆在现实层面的合理之处，与其说是对她解释，不如说是对我自己解释。我成功地让自己相信，在变幻莫测的沙漠中心，想修筑一座地基牢固的建筑和想栽种一棵根深叶茂的大树相似，都是万分困难的，甚至是注定徒劳的。在这里，根本找不到一寸坚实的土地，落脚之处，只有一片汩汩流淌的空虚。一座没有根基的建筑，一座能够主动地融入变化，甚至创造变化的建筑，反而能够在规律性的、可预期的变化中保持稳定。

我一直没有留意自己的情绪，但回忆起来，我的语气起初带着些自嘲的意味，随后却渐渐变得激昂甚至狂热，到了末尾又急转直下，坠入一种几乎有点颓丧的反思之中。实在曲折得很。对于我的游吟诗人般的表演，她究竟持何种态度，从她的脸上很难看得出。她的眼神闪烁不定，有时能从中看到些鼓励，有时却只能读出一种凛然的责备之意。

之后，我们一路无话，低着头一直走到分手的路口，沿途的路肩草丛时或发出窸窣之声，仿佛是那些迷失的语言在一路跟随着我们。

道别之际，她说："沙漠很美吗？只有从未到过沙漠的人才这样觉得。当一个人置身于沙漠之中，全身心地投入它的广袤、它的贫乏、它的浓艳、它的赤裸、它的炽热、它的冷冽、它的温柔、它的暴虐、它的单纯、它的叵测，在它至为整全又至为破碎的躯体之上跋涉的时候，他会迷惘，会惊骇，会绝望……所有的人，只消看一眼沙漠就会明白，沙漠是一种绝对，在沙漠之前不曾有过任何东西，在沙漠之后也不会再有任何东西，它是最初的也是最终的地貌……但人们绝不会对它产生什么审美情感。这么说不是想否认沙漠有那种动人心魄的魅力，它令人着魔，使人为了与它亲近，不惜承受最残酷的后果，但那不是美。沙漠的迷人之处绝非凭借感官就能够辨识的，那是一种从神话之中渗漏出来的东西，是凤凰涅槃之后留下的金色灰烬。"

在那一刻，我便知道，我已永远失去了她。她以某一句话、某一个词，或者仅仅以某一次停顿，向我下达了一个秘密的判决。那位躲在语言背后的审判者也许并不是她，也许她也收到了同样的判决。

当然，我这么想并无根据，只不过是在宽慰自己：想到分别对于她和我是同一种不幸，我那卑微的爱便平添了几分尊严。

我不记得她是怎样离开的，不记得她的神态，不记得她的背影，只记得一种近乎绝望的词穷感：哑口无言的悲伤让我重新成了一个刚刚出生的孩子，与世界的关系又回到了陌生而紧张的对峙状态。

在一阵大雨中，我跌跌撞撞地跑回了家，那场突如其来的雨仿佛具有人性，具有智力，驱赶着我进入一种痛苦的了悟之中。我连钥匙都来不及拔出，就急忙将房门顶开，想要马上返回具有庇护作用的黑暗中。随后，床铺介于云朵与肉体之间的柔软，给了我一种短暂的平静，一种能消失其间的平静。整个世界像一阵潮水从身边退去，呼吸渐渐变得细不可闻。时空仿佛就此定止，我的存在被临时中断了。直到那种从旧日记忆之中涌出的声音，如同一阵星辰的激流擦过我的身体。我被照亮了，孤零零地，站在布满陨坑的生活中，早已泪流满面。

三

她离开了。

我的建筑事务所未能中标，招标单位设在五星级酒店中的临时办事处稍后便撤走了，没有任何人对此作出解释。

我先是在医院里躺了一个星期，之后又在酒里浸了整整一年。起初，我强迫自己将她视为一个泡影，但日复一日，丧失了现实性的人却是我自己。我渐渐消瘦，不修边幅，回避他人的目光，蜷缩在自己的背影当中，变成一只夜行动物，出入和阴沟一样肮脏的地方，越来越像一个拎着酒瓶的幽灵。

你也许会说：都是酒精造的孽。但所有的酒徒都会淌着口水，用布满血丝的眼睛瞪着你，嘴里嘟哝着啐你一口：呸！所有在伏特加、威士忌、白兰地、女儿红、五粮液、二锅头里忘情游弋的人都会抬起头，带着一种舞蹈家谢场时的高傲与羞怯的表情，告诉你，在酡红的脸颊、抖颤的双手、东倒西歪的身体、酒嗝、口吃、傻笑和胡言乱语的背后，有一种你无法理解的尊严。

这些名声不佳的饮料一向被你们比作液体魔鬼，

但你得知道，善的前提不可能是虚伪：如若"正常"本就是假象，"反常"当然就是真诚，甚至是一种英雄主义了。酒徒们以战斗的激情灌醉自己，他们的疯狂是悲伤的解药，他们的失仪、失态，是一种更为庄重的礼仪和姿态，是与现世之苦、现世之恶决裂的宣言，是一种坚决的、豪迈的，甚至是唯一能使人接近神圣的对庸俗的抗争。

睁大你的眼睛仔细瞧瞧，神的儿子们在这条小麦色的河流中漂浮着，在溺死之前，他们的手指触摸到了彼岸……

什么？你说你反对这种酒鬼的哲学？是啊，也许你觉得生活实在是一件美事。你过得很平静，和周遭的一切相安无事，你宽容、和善、懂礼貌、举止得体、谈吐文雅，年轻时有很多朋友，年老之后也没有遭人嫌弃，我相信你的追悼会一定座无虚席。但是，好好想想你的平静究竟是怎么一回事吧！说真的，你就像一个可悲又可恨的盲人，脸上挂着白痴似的微笑，坐在一大群失语的人中间，他们围着你尖叫、悲鸣、咆哮、怒吼、哭号，可你什么也听不到……

我不是那种会对自己的苦楚津津乐道的人，之后的经历只好略过不提。简单说一句也就够了：我并非不想寻找她，也并非毫无线索、毫无办法，我曾无数次地想象自己循着她的足迹走遍了世界，并最终与她在某个角落不期而遇，但说来实在牵强得可笑，之所以从未将设想付诸行动，正是由于这些设想都太过完美，令我质疑自己的预期。酒醉之时往往踌躇满志，酒醒之后却又裹足不前，太多无法实现的想法积聚成行动的泥沼，我既无法自拔，便索性放任自己身陷其中，久而久之，竟自认为习得了某种有关哀伤的智慧、某种有关失落的学问。

一年来，我离群索居，像喂养一只宠物一样喂养自己。我的身材越来越臃肿，却好像变得更轻了，仿佛充斥其中的不是血肉，而是虚度的时光。有时我得十分努力才能让自己不至于漂浮起来。在此期间，那种不时萦绕于耳畔的流沙之音出现得越来越频繁，越来越清晰响亮。

庸医们用以打发我的尽是些陈词滥调，诸如酒精烧坏了神经，或是失眠惑乱了感官等等，如盲人指路般无用。所幸迟钝使一切容易忍受，很快它便不再是我的困扰，反倒像一种不乏诗意的提醒——洗去我的宿醉，告知我光阴已流去，白驹已过隙。只有一种致命的副作用可堪忧虑：沉浸在这种单调却充满魔力的韵律之中，我无法说话，也无法思考——语言之舟在我的舌尖和脑海同时搁浅了。

当那位素未谋面的亲戚从不知何处打来电话的时候，我恰好正处于这种语言的荒季，以至于张口结舌、颠三倒四，拼凑不出一句问候或一句诅咒。此人告诉我，父亲已失踪多年，按照某份契约中的某项规定，他的财产和他的义务，那座墓园和那座小屋，理应由我继承。

或许，我的意识并不清醒，舌头也不利落，我的语言能力在那一刻只允许我无条件地表示同意。但最终促使我回到这里的，当然是更具说服力的原因——直到最近我才察觉：我正在变成我的父亲。

我是坐火车回来的？难说。是乘船吗？也不一定。我记不清了，实在记不清了，记不清身体在空间中穿梭的快意与疲惫，记不清同路人的友善与敌意，记不清自己跨越了炎炎戈壁或是茫茫大海。只记得归途漫漫。从窗口望去——无论车窗或是舷窗——草木山川缠裹在绸缎般的光影中，若即若离，雪白的棉花田和鼠灰的芦苇荡，像芭蕾演员的裙摆，旋转着向天边遁去。

一路之上，晨晨昏昏，汇成了一条奔流的河，浮云苍狗，叫人无法沉醉，只能怅惘。我本以为，这段行程将持续到生命的尽头，但那个既定的目的地到底还是拽住了我。迎接我的只有沙枣树、蒲公英和许多我叫不出名字的野花，它们自阴间而来，是幽灵们给予我的礼遇。

我在父亲的小屋住了下来。它实在太小了，小到只能勉强容得下它的四个角落。也许正是由于它的小，在最初的一段日子里，我与自己的居住空间多有抵牾，就像一只对新鞋充满敌意的脚踝，僵硬、敏感、紧张兮兮、疑神疑鬼。

我长期失眠，日夜恍惚，为了不至于疯掉，将所有的精力都用来对抗荒诞的狂想。幸而作为一名遭到放逐的前建筑师，那些毫无实践意义的、介于炼金术和辩证法之间的空间理论，倒成了我拿来构建一套隐形建筑的蓝图——那是一座囚禁想象力的监狱，以白纸黑字为铁栅，阻隔了火焰般的幻觉，以免它们烧毁我的现实与肉身。

简而言之，我开始写作。出于过去的职业习惯，我常杜撰子虚乌有的房子。比如那些以掺入种子的温控材料建造的房子，它们具有季节性：有些会开花、会结果；有些会生长、会枯萎；有些则会随着季节的变迁一次次地破壳重生，不断孵化自己。

通过写作，我在我的源头安身立命，仿佛以光明的虚构拨正了暗昧的虚构，抑或以沉默的倾诉取得了小屋的信任，使得这里的幽灵们终于将我接纳为同类。那些若有若无的、不确切的、难以解释的现象——诸如，夹在微风当中的一记细不可闻的敲门声、一闪而过的影子、一只移位的杯子——对于我，不再是一种折磨。非但如此，亲近神秘使我怡然自得。

只有一种痛苦与日俱增：一种创作者的无力感。那些自我笔下诞生的句子，何曾有哪怕一个能免于拙劣与平庸？仅仅自斥无能是不够的，表达是如此艰难，我仿佛背对镜子奔跑，总是与自身背道而驰。

终于可以总结了。每位作家都想写出第二人称的书，每位建筑师都想造出第一人称的房子，这两种动作如此相左又如此相似："你"所渴望的打开，"我"所欲求的关合，两者同样都是不可得的。对于我来说，这个新的认识如此触目，令我既难过又费解。我在两种不同的沉默中挣扎："你"之迷宫和"我"之废墟。

除了写作，为了履行多半出于想象的职责，每天我会在坟场里巡视两次。起初，一次在白天，一次在夜里；后来，两次都被安排在天黑之后。相信我，若是我们易地而处，你也会爱上走夜路的感觉。尤其是，在手中握有手电筒的时候，一路上与你结伴同行的，只有世上最令人愉悦、最令人安心的一道光。你感到自己与世界和合无间，那是一种被赋予了无上荣耀的孤独。仿佛神关闭了一切，却把唯一一把钥匙递交到你的手里。

一天夜里，在锁孔般的光柱中，我看见一个女人。长期以来，除了自己的感受和思绪，与我擦肩而过的只有时间，所以此刻，看到她就在我的面前，低着头，将脸埋在胸口，我仿佛遭遇到了一个闯进我身体中的人。她将我从自身之中剜了出来，让我完全赤裸地置身于坟场和天空之间的一片空旷之中，无遮无掩地袒露在宇宙孤绝的注视之下。

我俩相对呆立，许久没有作声。我靠近她，直到能够听到她的呼吸。那真是一阵难以想象的风暴，没能撼动我的一丝头发，却掀翻了整片天空，我看到数不胜数的星星在银河里滚动，听见它们呼啸着在砂纸般的河床上打磨自身。在她那双因过于灵活反而显得呆滞的、狐狸式的眼睛中，翻涌着深不可测的悲伤，相对而言，她的面孔则仿佛已经沉没，直到今天也没能再次浮现于我的面前。

不知为何，我想摸一摸她，我这么做了，她没有抗拒、没有躲闪，没作任何回应，甚至没给我任何结果：我不知道我摸到了什么，摸到了没有。我将她领回了小屋。

我肯定曾尝试着对她说点什么，但是没有成功。可能是因为我已很久未将口舌作喝酒之外的用途——五年？也许有十年了吧。可能是她的神态确切地表明她彻底丧失了对于语言的需求。她就坐在那里，安静地，顺从地，同时却固守着一片空白。我尝试着以各种方式对待她，把她当作一个孩子、一只猫、一株兰花、一个老人、一尊雕像，有时，我甚至真的把她当成我的爱人。但我们之间从未形成对话。我们能够发出一些声音，但就是无法赋予其意义。我们让自己感到费解。

我和她一起吃、一起睡，晚上一起出去巡视。但我无法触及她。她令我困惑，她让我觉得在这陈旧的人世之中，我们必须发展出一种全新的关系。一种拒绝被定义，拒绝被转述的关系。

几年之后，我才第一次带她去赶集。那是个错误。我低估了她的肮脏之美所具有的魅力，我以为那只能佐证我的病态的怪癖。她衣衫褴褛，满身污浊，散发着一股酸腐霉烂之气，却能俘获那些血红的、狂热却呆滞的、近于兽类的眼睛。她令他们恶心，令他们兴奋，令他们欲罢不能。在粗野的口哨和笑骂声里，我们乱了方寸，像盲人一样乱走乱闯，在凑巧停下的地方买些根本不需要的东西，忘记讨价还价，被人当成哑巴，有时还被当成聋子，听任人们毫不避讳地嘲弄我们、贬低我们，以最恶毒的方式拿我们取乐。或许正因如此，我才迫切地感到与她结合的必要——我想，是屈辱让这世界变得拥挤，忍辱负重的生活让人们趋近彼此；我想，她的沉默和我的一样，来自历史，来自深渊，来自屈辱的谱系，一脉相承。

那天夜里，我感到既痛苦又兴奋，彻底失控，就像遭到雷击一般被欲望烧成灰烬。我偷偷摸摸地爬到她身上，像一头卑鄙而又弱小的獾，用颤抖的爪子解开她的衣服，一抬头，却看到她圆睁的双目。那绝不是人的眼睛，也不属于任何已知的动物，在黑暗中显得异常的明亮，仿佛两个遥不可及的隧道出口。我发出一声绝望的嘶吼，猛扑上去，紧紧压住她，撕扯她，想以残暴来克服耻辱和虚弱。我想将自我托庇于强大与邪恶，但我不是魔鬼，我是软弱的蛆，最终，只能伏在她的身上抽泣。

透过模糊的泪眼,我瞥见了她身体中间的河流。

起初,那只是一条缝隙,泛着碧绿的幽光,再凑近些,便可以看到温柔的水波映着窗前的月色,随我的喘息微微荡漾。当我对着它俯下身,一种只属于至为浩瀚之物的空茫霎时吞没了我。我的双眼犹如灌满了水银,除却一片难以名状的白光之外一无所见;我的身体没有任何着力之处,根本谈不上做出任何抵抗,就被一种销魂蚀骨的物质软化了,变得缥缈,变得不确定。

我知道自己正在被溶解,但并未有丝毫恐慌,一种从未有过的舒适打消了求生的意志和基本的危机感。我感觉自己悬在一根若有似无的水草底下,陷在一个速度极慢的旋涡之中,随之缓缓转动、下沉。在这片温和的、雌性的虚无之中,一种单调的、无穷无尽的、完全程式化的、链条式的声响仿佛一列从阴影的巢穴中钻出的军蚁,沿着一条螺线,在我的耳蜗中盘旋。

又是那声音!那流沙的声音,从此以后,便再也没有中断过。它始终萦绕着我,或者不如说,是它构成了我。

四

当我醒来,她已不见。但我知道,她没有离开,是我,我孤身一人翻越了那个夜晚,翻越了她的存在,抵达了现实的背面。

我走出自己的房间,如同走出自己的躯壳,在荒草丛生的墓园之中,我游荡着,像一个无主的孤魂。我不停地走,不停地逛,却仿佛根本没有移动过,只有悬在我的头颅中央、位于双耳之间的那具沙漏在颠来倒去地翻覆不休。她的肉身没有留下任何可见的踪迹,但她蓬勃的生命力却以一种妖魔般的方式继续引诱我、迷惑我、震慑我:那条河,那条她孕育的河此刻正在我面前奔流,就从墓园的中央横穿而过,因死者额角的泥土而混浊,又因那些无名的芳草而清澈。

我不知道这条河或者这个女人,哪一个才是梦的产物,我只是迫切地想要了解她的全貌。我沿着岸边失魂落魄地走,不知走了多久,似乎也经历了一些风霜,却始终无法完成命运指派给我的勘探任务。我猜测自己曾分别到达过她的上游和下游——与其说是猜测,倒不如说是一个自我安慰,事实上,她很可能没有源头也没有尽头。

我只知道，起初她就像地球表面的一匹轻柔的纱。激情的风拱起一个接一个波涛，将她推向远方，之后又渐渐平复，由最初的激越过渡到一种随遇而安的平静。辗转于山坳和洼地之间，她的斗志、她的欲望、她的愤怒，都在忧郁之中转入消沉，演化为沉默与隐忍。

十分抱歉。事到如今，必须向你说声对不起。我的读者啊，若是我曾以某种手段、某些技巧，使你怀有期待，那么此刻你应该已经明白，这个故事继续下去，只会越来越愚蠢，越来越荒唐。然而，对于我，这不是堕落，倒是一种升华。任何一个能够容得下我的东西都不可能不是愚蠢的。我早已厌弃智者的深刻和贫乏。

许久以来，我写作，唯一的目的就是将头脑中的一切意义出让给字词，好叫自己成为一个纯真的白痴。

现在，我简直要雀跃着投身于这个故事，投身于这口不能使人悲伤、反倒惹人发笑的棺材，投身于无数鬼脸和胡言乱语的罗网之中，就像投身于一个理想的归宿。

筋疲力尽之后，我回了家，在小屋门口，发现了我的儿子。他赤身裸体，躺在枯枝败叶之间，令人不由得产生一系列最神圣、最原始和最疯狂的联想。我得承认，那景象太过奇特，太过突兀，又太过本质，至今想来仍叫人难以承受。

这个浑身通红的婴儿还很难被看作一个人。他几乎没有皮肤，几乎没有那种可以被称作外表的东西，无论空气还是目光，都能轻易把他灼伤。他像一团血肉模糊的内脏，过度娇嫩，过度脆弱，明明刚刚出世，却已衰老不堪；如此疲倦，差不多可算是奄奄一息，仿佛生育他的不是另一具鲜活的肉体，而是死亡的子宫。

我弓下腰，抱起他，双手禁不住颤抖起来。这是一种我从未体验过的柔软，具有魔力。就像水滴遇到水滴，在相触的瞬间，他将所有黑暗中的记忆转述给我。我仿佛捧着一团外在于我的内在，仿佛将手指戳进了自身的一道伤口。他醒了，没有睁眼，只是撕心裂肺地哇哇大哭，这雏鸟的哀鸣使我倍感痛苦。这种痛苦贯穿了我此后的人生，甚至可以说，此后，我便以这种痛苦为生。

五

　　一个孩子的成长也许是世间最为吊诡、最为顽固的谜。我的儿子就在我的身边，以令人恐慌的方式长大，就像一个避无可避的阴谋。每当我转身背对他时，他便躲在暗处，像午后的影子一样慢慢伸长。他越来越让我害怕，但若说在我们之间从未有过天伦之乐，却也不尽然。

　　许久以来，我全凭对他讲话来抵御耳中无休无止的流沙声。这是一张似乎受惊过度的面孔，嘴角挂着口水，一副茫然失措的表情，时不时会莫名其妙地抽泣一阵。全然如同一个痴呆，一个被粉碎了灵魂的人，以一种混合了畏惧与蔑视、悲伤与嘲弄、痛恨与怜悯的目光，放肆地、直勾勾地盯着我看，仿佛看穿了我是世上最可耻、最荒谬的东西。但我是幸福的，因为这种得自地狱的认可而感到幸福。

　　每回醉酒之后，我便坐在床边，俯下身对他说话，说个没完没了，有时出于某种突发的、神秘的冲动，我会狠狠地掐他一下，然后陪着他一起号哭。他听不懂，甚至根本听不清我在说什么，但语言借助讲述和听取之间的落差奔涌着，越是对被理解的可能感到绝望,就越发激昂、越发滔滔不绝。

可耻的痛苦,卑微的幸福,脆弱,顽固,自恋,自怜,自怨自艾,觍着脸对自己讨饶,半吊子的感伤主义,猪狗不如的生活,悬而未决的、畏畏缩缩的期待。说来说去,也就是这么回事。严肃不下去,也有趣不起来。

一夜又一夜,我的嘴巴几乎没有片刻停顿,直到第一缕曙光击中我,让我在眼皮背后跌倒。即兴演讲,打油诗,荤段子,电影台词,上世纪的流行歌曲,污言秽语,连我自己也听不明白的絮叨……丢三落四,残缺不全的句子在满屋乱窜。窗外,某种疯狂又沉默的犬类在暗地里活动,它们在岸边喝水,从土里扒拉出一块髋骨或一截腿骨,发出一种强忍但没能忍住的、咬牙切齿的、既欢快又恶毒的窃笑。

我把脸贴在窗户上,瑟瑟发抖,看着那些在星光、波光,抑或磷火的映照下闪动的影子。它们因它们嘴里的东西而显出一种邪恶的伟岸,一种令人毛骨悚然的神圣。它们毫不费力地叼着的是一种极为沉重,极为宏大的东西:人之必死性。

我明白自己凝滞在生活的徒劳无益之中,我强行思想,想迫使自己的意识挪一挪窝,却发现能够让我皱起眉头思考的问题只有一个：多年以来，为什么这座墓园没有一个新的访客？

为什么没有新的葬礼，没有尸体被运送进来？莫非世道变了，变得如此彻底？莫非已经不再有人死去？莫非死亡已经遗弃了人类？莫非连那最后的退路，连那最后的允诺也已经被剥夺？

当然了，答案是显而易见的，我的问题根本是多余的，如此发问的人，简直就像一个贪婪的牧场主，想要无限度地扩大他的经营规模。围墙之内的土地就这么多，人的身体长度、土坑和坟头的大小，大致上也都有了定数，就连野草和蚯蚓也不能无视它的几何边界任意生长……

不过，倘若一个头脑发热的人、一个有股子蛮劲的人、一个倔到跟常识过不去的人，不顾一切地追问下去，就会逼出一些逾越常识的深意：世界岂非也是有限的？边界无处不在，并不是所有的围墙都是我们给竖起来的，更不是所有的围墙都是我们能拆得掉的，地壳、大气层、行星轨道、星系、空间维度……既然人总是不断地死去，既然死亡是一个递增量，理论上只能累加，不可缩减，那么早晚有一天，整颗星球都得被我的羊群、被这些喂不饱的骷髅啃得一干二净。

天哪，怎么办？

想到这一点，我便寒毛倒竖，这个问题的不可回避性使我受到缓慢但致命的惊吓，我假装无所谓，还报之以一个自嘲的微笑，但心底其实非常明白，自己终会在漫长的岁月里一点一滴地魂飞魄散，最后，在咽气的一瞬间，定格在一个骇异的、费解的表情上面。

我不怕死，死亡就像一个慕名已久、终得一见的朋友。比死亡更可怕的是我的存在方式：我根本不会终结，甚至于，不能只留下一道痕迹，而是必将化作一堆无法分解的冗余物……我们就是世界的熵，我们根本无从轻盈……正是这个让人恶心而又无力抗拒的念头促使我再次投入写作之中。不，仔细想想，其中，酒精的作用同样不可忽视。过去，这种岩浆般的饮料填满了我的身体，凝固成一种状如大象的、笨重的岩石结构，如今，也唯有它可以熔穿这种牢固的惰性堤坝，将我激活，让我再次喷发。

在酣醉状态下，肉体的虚无战胜了精神的虚无，将我完全翻了个个儿，让我不再朝向自我的深渊，转而对着另外一种更为廉价的空白恣意喷涌——眼下这张纸的温柔的、服帖的、无条件的接纳，让我一头扎进创造的迷狂之中。

我构思了一座前所未有的高大建筑、一座摩天坟场，它将一反死者只能在地面匍匐的惯例，使他们到达，甚至远远超越飞鸟的领域。这是一座可以向着高处无限扩充的建筑，终将带着地球上所有的残骸扎进宇宙的内腑。

在选址方面，我没什么特别的要求，唯一的必要条件是平坦：它可以建在珠穆朗玛峰的峰顶，也可以建在马里亚纳海沟的深处，或是就建在我这栋小屋的废墟之上亦无不可，相对它将要挺进的那个无限的维度，海拔的因素可以忽略不计，但对于这座不断增高的建筑、对于这个不断踩着自己向上攀登的巨人而言，一丁点微不足道的倾斜都将在某个高度引发它所立足的这颗星球蛮牛般的、无可抵御的、毁灭性的牵引力。

建筑的形态是笔直的圆柱体，从最底层开始以完全一致的形态逐层堆叠而起。尽管它的规模主要体现在高度之上，但在身处地面的我们看来，圆周的范围也必然极为巨大，以至于不可能一眼尽览其全貌，因为建筑的每一层均由装殓尸身的石棺缀接而成，石棺自然不宜制作为弧形，否则其中的人体必得随之扭曲，无法保持安然仰卧之态，石棺与石棺之间也不应留下太大的空隙，否则将大大增加不稳定系数。因此，我们首先要做的，是画一个尽可能大的圆圈——众所周知，在两个圆上取同等长度的线段，则圆周越大的，弧度越小，在无限大的圆上，取任意线段都是直线。

这是一张极简的蓝图，只有同一细节的单调重复，同样的石棺围成同样的圆环，层层叠叠，毫无可观之处，其所有的独创性都体现在施工方式上：这座建筑将以有机的方式被建设起来，即，它将生长出来，而非被筑造出来，在某种程度上，可以说，施工者不是人类而是自然。简而言之，这座永不封顶的建筑，这座如轨道般通往人类终结的建筑，大大超出了人的限度，没有任何一家建筑公司能够承接这项工程。如若将人类设想为一个整体，他毕竟不能充当自己的送葬者。

请原谅，我可能有些得意忘形，不过，还是得提醒一句：石料或金属不过是必不可少的容器与载体，是一种装饰物，在这里，真正的建筑材料是填充在容器内部的东西，它们是我们不得不放弃的空巢，是一个个小型的废墟，是无常施展其魔法的舞台，它们以自身的朽坏堆砌这座建筑的不朽。

我打算雇佣死亡作为我的总工程师，应和他犹如乐队指挥般优雅的动作，工程将缓慢但有序地进行。能将这项计划付诸实施的建筑工人必须都具有不死之身，它们是由超级计算机操控的若干机械手臂，建筑的中空部分装有一台性能完美的升降机，与它们在同一套程序的支配下共同协作。每当有人死去，一具石棺便被运往永不停歇的圆形工地，由中央升降机输送到当前的最高一层，再由机械手臂摆放、固定在相应的位置上。

我不打算赋予这座建筑任何纪念意义，它并未被想象为亡灵的居所，即便亡灵真的存在，它们也不需要任何空间存放自己。这尊僵硬的、散发着腐臭的利维坦是纯粹物质性的，在它魁伟的身躯中没有任何精神内容。我没有偏见，不反对信仰，也不蔑视风俗，绝不干涉人们自由阐释死亡的权利。我只是认为无论何种葬仪，总要以某种形式，要求在世的人在心理层面超越死亡：将尸体埋入地底、送进燃烧的柴堆或秃鹫的胃袋，都是在象征的意义上采用了类似于蒸馏法的离析手段，将丧失了机能的身体再次投入循环，以便结束灵肉不分的混沌状态，让轻盈的灵魂尽早从重浊的肉身中解脱出来，实现飞升。但是，这栋高大的死亡建筑是无法超越的。当人们抬头仰望的时候，在视线当中，它将是唯一可见的事物，坚不可摧、密不透风、遮蔽一切，没有给阐释留下任何空间。

在地基阶段，对于形式的追求会持续一段时间，用眼泪淹没死者的欲望仍将普遍存在，活着的人仍需以一场哀伤的庆典达成表面的铭记和内心的遗忘。可想而知，在底端的楼层部分，必然会夹杂着花样繁多的装饰元素，诸如遗像、浮雕、碑刻等，多余但不乏文献价值，如同嵌满了化石的远古地层。对于未来的人们，这里就像博物馆或商店的橱窗，是一个用于展示原始丧葬文化的区域。

为了满足初民对于哀悼的执念，在每一具石棺之前都会增建一个小小的平台，另外，在建筑内部的空腔中，围绕着巨大的中央升降机，将会安装不计其数的、与那些石棺大小相仿的电梯。考虑到值得悼念的亲近关系前后不过几代，对应在这栋巨大建筑的圆周之上，基本不可能从一层跨越到另一层，因此，每台电梯都直通建筑的顶端。人们可以在登记资料中查找探视对象所在的位置坐标，乘坐对应的电梯前往，在平台上停留一会儿，哭泣、倾诉、缅怀，摆上一束终将被时间化为齑粉的康乃馨，然后离去。

随着工程的进行，建筑逐级升高，那些浮在云端的石棺已经很难引发任何情感响应，它们只是高空中一个个灰色的点，看上去全都一模一样。若是有谁想要从中辨认某种与自己有关的特征，只消一抬头，就会迷失在这种无穷无尽的、令人眩晕的相似性之中——人们的目光和记忆都被距离吞噬了。

踏足这座未完成的建筑内部探望死者的人只会越来越少，那寥寥几个最后的访客，不仅胸怀对于亲人的不可磨灭的思念，还拥有令人难以置信的巨大耐心和牺牲精神：人们耗费在电梯里的时间实在太过漫长，以致这种行为已经是一种自我监禁或自我流放——我猜想，这些人中有相当一部分原本就是苦行者。直到有一天，当到达顶层的时间超出了人类的生命限度，乘坐电梯便成了一种一经选择便无法更改的生活方式，而电梯则成了命运女神织机上的一枚梭子。这种有去无回的旅行，无论对于恋世者或厌世者都乏善可陈。

不会有人来这里了，有人会选择自杀，但没有人会选择在坟墓中活着！假使仍有例外出现，某个疯子不顾一切地跳进电梯，按下启动按钮，那么这台载着他驶向死亡的小舟便将在终点处被回收，充作一具新的石棺，成为组成墙体的下一个细胞。

一种观点会渐渐风行，并最终被所有人接受：死亡意味着个体性的消失，尸体不是死去的亲人，尸体就只是尸体而已；尸体和尸体没有分别，也不需要分别；人一旦死去，就只是一堆特殊的垃圾。这种死亡观在根本上否决了一切有关死亡的活动。

工程进展到中后期，确保将活人彻底从因死人而背负的劳役中解脱出来便成了一个顺理成章的要求：这种解脱必须是百分之百的，不允许有任何遗留，无论在身体上，或是精神上。事实上，仅仅知觉到死者的存在便让人苦恼不堪。所幸人工智能以及其他技术必将取得长足的进步，总有一天，机器将承担所有令人厌烦的义务，人们将愉快地遗忘一切责任。这种轻描淡写的愉快，可能显得有些轻浮，却具有风暴般摧枯拉朽的力量，扫除了人类生活中一切刻意庄重的部分。

作为旧事物中最为根深蒂固的一种，对于死亡的装饰性的、表演性的哀伤是首当其冲的革除对象。当然，观念的缠斗总是旷日持久，毕竟，将对死者的痛惜之情视为社会剧场的台本设计，对于所有人而言，都构成了冒犯。这是一种极端的、令人憎恨的对人的矮化，有损情感的尊严，甚至令爱、仁慈与真诚等有关人性的期许都有了落空的风险，但说到底，我们能肯定自己的眼泪是纯粹自发的吗？我们能肯定诱发泪水的心理机制是天赋、是本能，而非为顺应某种历史的、文化的修辞需要而生？恐怕谁也不能自证。

既然无法解决，最好视而不见。人们将最新的技术成果运用于遗忘的事业。制棺、敛尸、运输，对所有相关设备的定期维护和不定期修复，一切工作都将由机器来完成。它们会在所有的公共空间和私人空间，实时监控人们的生命体征，像猎犬一样嗅闻死神的气息，一旦有所觉察，便立刻触发响应。多数情况下，这些专业的收尸者早已做出预判，有充分的准备，能够以人们根本感知不到、理解不了的方式，让尸体魔术般的消失，仿佛这是一种神秘的汽化现象。倘若遇到某种出乎意料的特例，它们的工作还包括抹除目击者的记忆，当然，特例只会越来越少。人们在转身之间便已从有到无。死亡不再具体，不再在那种起始于源头的古老对峙中占据一极，在人们的内心，它以一种诗意的方式继续成立，因隐约具有与夜晚、阴影、水与雪的亲缘性而引人怅惘。

到此地步，时间已经篡改了这座建筑的意义——也可能，其本质必须在时间的尽头才能被认识：这是一头正在吞吃地球的怪兽,通过机械化的新陈代谢,人们脚下的土地悄然瓦解,缓缓汇入它庞大的身躯。

请想象这样一幅景象:一个经过理性改造的筒状星体,形体均匀、表面光滑,像一枚巨型磁针孤独地在幽暗的宇宙空间中旋转,在其根部,一些微尘模样的生物攀在形状不规则的、脆弱的、不断缩减的边缘……此时此刻,除了祈祷,他们还能做些什么呢?在最后的日子里,信仰将重新占领人们的灵魂。

他们的神学将围绕这样的问题展开:这栋大厦究竟是有限的还是无限的?在它之上还有其他事物存在吗?一些喜欢标新立异的聪明人,一些悖论爱好者,也许会想象它有一个克莱因瓶式的结构,即在多维空间中扭曲,将顶端探入自身内部,并与底部相接:峰巅与深渊在这栋吞吐自我的建筑之中实现了统一。然而,绝大多数普通人仍然需要以一个至高者的形象来解释一切:这座大楼被他们称为第二座通天塔。

这一回,人们不再惧怕上帝的震怒,祂无法再次拒绝与祂的子民们对话。

上帝不喜欢太高的东西。祂惯于俯观万物,不愿从胸口抬起下巴,祂不打算与他们对视,更不打算亲吻他们,因此祂拆掉了第一座塔。单从这一点看,我们的上帝就算不得理性，更谈不上伟大。祂教人们说话，只是想要人们言说祂，却害怕人们对彼此言说；祂那么喜欢听人对祂祈祷，却从来也不回答。祂实在太过反复无常，而祂的造物则太过倔强，他们因为祂而无止境地渴望祂不愿他们渴望的高处。

上帝将死亡赐予了每一个人，如今，连祂自己也无法收回这一礼物——祂无法阻止人们踩着自己的尸体来到祂的面前。经过一台空前绝后的手术，这颗星球被改造为一座通往上帝的天梯，握着手术刀的并非任何一个必有一死的人，而是死亡本身，即等于策划和规定了死亡的上帝。要知道，谁也否定不了上帝的意志，包括上帝自己。无所不能的祂，也在与自我的对抗中变得无能为力。

在上帝的眼中，永恒也不过一瞬。祂看到地球像朵花一样绽开，看到这个井一般的建筑像一眼石头泉水喷向祂的额头。人们用死亡对祂说话，既然死亡是祂一贯给予人们的回答。祂只能洗耳恭听，这条全宇宙最长的喉咙将以最终的沉默，以死亡的滔滔不绝对祂说出一切。

不妨想象一下吧，当可怜的受造物终于借由死亡的堆筑上抵天听，到达造物主的鼻子底下，他们能说点儿什么呢？除了一口浓痰，我们又能给这完满者的脸上添点儿什么呢？

呸！

六

我并不经常见到我的儿子，其实，我不太认识他。我从没习惯家庭，从没习惯另外一具身体。所以我揍他。然后有一天，他回击，这个半大小子抓住我的头发把我摁倒在地——与其说是我，不如说是那些死人养大了他，那怪物一样的体魄不可能是我给他的。

他狠狠地修理了我，只有两个家伙曾经这么大刀阔斧地改造过我的脸：他和上帝。

我们对彼此毫无怜悯，将对方视为抽象的东西，不仅如此，我们深知自己被对方变成了抽象的东西：家庭，一部看不见的机器。

算了，暂且忘了他吧。

如今，我的记忆来到了一个多风的夜晚，一个在许多个季节、许多个年头里不断重复的夜晚。我浑身是伤，在墓园中游逛，一遍又一遍。就诗学的意义而言，我迷失了，被空间瓦解了。我在人类标本的丛林中行走，呼吸着风中岿然不动的寂静——这寂静也同样具有标本性质，被保留给宇宙终结前的最后一瞬。我独自一人，当然了，脚步声始终追随我，另外还有，它的回声，作为旷野的记忆萦绕不去——当喧嚣以这种方式被掷给寂静，它便成了寂静的主宰，比一切寂静更为寂静。

一旦停下，世界便从四面八方向我涌来。一座座山峰和高原像巨大的舟楫环绕着我，在黯淡的星流中航行，周而复始。脚边的土丘则像它们产下的卵，包裹着那些等待孵化的东西——死者及其潜能——在风中发出微妙的、细不可闻的翕动。坟头怒放的野花，用黑暗将美丽封锁在自身之中，这些拒绝被感受的斑斓加倍使人迷恋。夜晚珍爱它的秘密，像一个沉默的诗人珍爱他无法说出的句子。

我巡夜，在这种微观的地形考察中，我寻觅一些似是而非的东西、一些像幽灵的玩物一样时而出现时而隐匿的东西：一些死人骨头，人的碎片。我就像一个被遗弃在海滩上的小孩，弯下腰，面朝虚无，流露出近乎伤感的喜悦，聚精会神地，孤独且自足地收集我的贝壳。就像一位文物专家，我以过人的耐性和天真的热情侍奉它们。

有很长一段时间，这些俯首可拾的收藏只不过助长了幼稚的好奇：人体瓷器般的内核令我感到诧异。随着数量增多，种类渐渐丰富，它们开始嘈杂起来，要求它们的持有者更为专注、更为细致、更为审慎，以更高的鉴赏能力，给予它们一种更为专业的关切。

我想办法搞到了一幅人体骨骼结构图，把它钉在床头，从此以后，它就成了我唯一的读物，我的长期伴侣。直到今天，我仍不能分辨尺骨与桡骨，腓骨与胫骨，我不是一个合格的匠人，不能精确把握深埋在肌肉和神经丛中的工程学秘密，但我善于发现机巧背后的理念，神的理念，关于和谐与美——哪怕最肮脏、最丑陋的人体也包含了这些。

胸椎，以完美的机械特征与节奏感，让琴弦般紧绷的肋骨各安其位；锁骨，一架轻盈的天平，不偏不倚地托起了头骨——理智的居所；髋骨，隐藏在性欲背后的天使之翼，当肉体的潮水退去之后，在永恒的暗夜中飞舞……

就像快要冻僵的人拼命攥住黑暗中突然冒出的一点火星，我疯狂地想要捂住难得出现的热情。那堆白森森的骨头，在我的眼中娇艳似花，隽永如诗。我不停地把玩它们，直到手掌起了泡，淌出血。不，我没有选择，必须有所创造。

　　我买来了一袋榫钉和一管工业胶，拿起锤子、凿子和刨刀，没头没脑地捣鼓起来，犯了许多错误，毁了不少材料，但我的优势是一股野蛮的、不计后果的勇气。我不怕失败，其实呢，也谈不上什么失败，我预设的成功标准很低，低得几乎等于失败。

　　结果，我用来自几千个人的骨头拼凑出一具怪模怪样的人体骨架，一件拙劣的作品，可笑而且可怕。

　　他的手臂一长一短，肩膀一高一低，头太小了，颈椎太粗了，根本不成比例；没有骶骨，只有一块髋骨，肱骨则都是用碎片粘成的，由于缺少耐心，没有任何两片能完全合拢，到处都是裂缝；此外，脚也很成问题，有三根跖骨和趾骨的位置颠倒了，即便长出血肉和跟腱，也没法正常行走。但我爱过他，很可能至今仍然爱他，我曾经将他当作我的镜子、我的情人，只是，一个自我弃绝的人不可能战胜厌倦。几天之后，我便把他丢进了角落，在那里，尘土、蛛网和时间淹没了他。

七

如今,衰老将我从尘世中抹去大半。我形容枯槁,动作迟缓,虚弱得像一阵雾。那场终将把我带走的风,还停留在死亡的唇边,尚未吹起,却已提早让我感受到它的寒意。

我的儿子在秘密地生长,他在暗地里完成了自己,变得高大、傲慢、残忍,像一个英雄、一个将军、一个神。有一天,带着轻蔑的笑容,带着专门为我准备的判决和羞辱,他来了。他来找我,来行他的成人礼。

"来,爸爸,我来陪你喝两杯。"

他拿腔拿调,假模假式,以一种恶心的、不正常的亲昵态度对待我,像摸一只小狗那样摸我的脑袋,仿佛我是一个喜欢胡闹的婴儿。他把我拖到桌边,一次次地把酒杯斟满,又一次次地递给我。而我呢,我顺从地、谄媚地、小心翼翼地赔着笑脸,礼貌地、几乎是毕恭毕敬地与他对饮。

他醉了,低下头直勾勾地瞅着什么,仿佛桌底有什么特别引人入胜的东西,然后慢慢地瘫倒在椅子上,像一个衰竭的浪头,向下滑落、退去,接着,发出一种神经质的、哭一样的笑声。他一边打嗝一边笑，笑得越来越大声，越来越得意，浑身上下散发出一种咄咄逼人的、醉鬼的光芒，仿佛在燃烧的肠胃里胀满了金色的谷物和奇异的智慧。

"呸，"他突然打了个哆嗦，抬起头来，冷笑着，撇着嘴，骄横地、不信任地斜睨着，"妈的，什么东西啊，你也配？"

他一把夺走了我的酒杯，把整瓶酒倒在我的头上，然后哽咽着指责我，一个耳光接一个耳光地抽我，直到筋疲力尽为止。晕倒之前，我和他对视了一个瞬间，他的目光充满痛恨，也充满怜悯。

在一片黑暗中，流沙刮擦耳膜，唤醒了我。醒来之后，我打量四周。我的儿子不见了，而那副骨架，弗兰肯斯坦的儿子，就站在我的身边——因为没有肌肉，他不可能坐着——就像一个太过消瘦的朋友。

"他走了，"他说，"但不必担心，你还有我。有我就足够了，我既是你的儿子，也是你的父亲……或许，还可以说，我就是你。"

我相信他。正像那句天知道出自哪里的格言：舌头什么都能讲，唯独讲不出真话。这个没有舌头的家伙是真诚的。

"来吧,我们该走了。"他转过身,一瘸一拐地向门外走去,动作僵硬,伴着嘎吱嘎吱的响声,像一棵断成几节的竹子,像一道孤独的光,像一个歪歪扭扭的补丁,贴在夜晚的裂缝之上。

他走得很慢,几乎和我的房子走得一样慢,所以我还有充裕的时间写完以上这些文字。但现在,我不得不停下来了。他在等我,在向我招手,坚决地,刻不容缓地。到此为止吧,我的读者们,我的偷窥者们,还有,我的比喻之神,多谢你,没有你的礼物,没有你的"像",一切事物都不可理解,不可描述。

再见吧,各位。这里没有什么总结陈词,只有一个写作者的最后忠告:保持沉默,不要向语言屈服。

尾声

人的世界,可以划分为三个时代:言说的时代、书写的时代,以及此刻。

此刻只有黑暗。我不再写了,也不再说了。下面的故事,你看不到了,也听不到了,但或许,堵上耳朵、合上眼睛,你就能接着读它了。

我走着,一直走,跟着那具行走的骷髅和他堂吉诃德式的背影，沿着不知何时已经枯萎的河流，嗅着半干的淤泥、腐烂的水草和死鱼发出的臭气。一些看不见的野兽或是精灵在尾随我们，几百颗碧绿的眼珠挤在一起，显得不真实，如同错觉，具有一种符号化的美，像阿拉伯地毯上奇特、神秘的几何图案。它们没有靠得太近，没有太急切地表现出攻击性，只像些云团似的，轻飘飘地、漫不经心地跟在后面。

在我们身边，赤裸的河床像蜕掉的蛇皮，丑陋、怪异，扭曲的线条透露出一种触目惊心的东西，一种自我撕扯的、狂暴的东西。树木都被伐倒了，野草都被烧光了，被阉割的土地发出呻吟，沼泽呕吐自己，山峰陷入忧郁，抱着头蹲坐在自己的阴影里。在一片无垠的贫瘠之中，我们跋涉了很久，也许足有一千年，但夜晚和荒原总也没有止境。我的向导以始终不变的速率和姿态前进，仿佛对于空间全无知觉，就像那些在旷野中疾驰的奔马，它们只是忠实于天赋的机能，着迷于飞扬的鬣鬃，也许，它们以为自己是一阵风。这些优美的生物，这些肌肉制成的艺术品，对于目的地毫不知情，对于自身的运动，它们只有一种悲剧性的理解：它们想跑出自己的身体，却总也不能成功。

我太疲惫了，我想到的唯一一个问题就是：我将在哪里卸下最后的行李——我的身体?

不知何时,我们已置身于氤氲之中……是一片雾或一朵坠地的云……由水滴、尘埃和大象的幽灵一并构成。在朦胧之际,他的身体似乎晕开了,变得丰满,高大,比我更像一个人。而我呢?我看不见自己。只有沙粒流动的声音——越来越清晰,越来越响亮——替我充当存在的确认。

他的脚步停了。雾在我们面前像一道被溶解的门,在敞开的同时便消失了,姿态中有一种痛苦的优雅,如同天空的叹息。

我们到了,我们来到了河的源头。水流枯竭之后,一个无可追溯的自在之物便显露出来。我看到了它,但看到的却不是它;它哪里都不在,仅仅内在于自己。它在邀请我,作为一个结局,却无法终结,只能开启。

简而言之:一个洞穴。但,谁能忍受如此的言不尽意?——一个洞穴等于一切洞穴,针眼和宇宙都是无限,你无法理解它,也无法形容它,只能进入它。

我的父亲,我的儿子,我的导师,那个没有血肉的智者,那堆白色的积木,已经将半副残躯探入了洞口。我没有犹豫,事实上,我根本来不及犹豫,就被双脚抛向了前方。我跟随他走进了洞穴,在其中,我成了一个盲人，一个在眼睑里养珠的人。这是一个常识：在洞里，你什么也看不到，但它会以另外一种方式呈现自己，毫无保留。

"你要知道，"他说，"草必枯干，花必凋残[1]。我们只有化为尘埃，才能以最微不足道的形式成为幸存者。"

对于洞穴中无所不在的流质，他给出了他的解释。但于我而言，这是一种我极为熟悉的律动，只是被大大增强了，强到统御一切。对此，我有一种荒诞的认识：我走进了自己的耳孔，走进了被沙充满的身体；我已完完全全地化作一堆沙粒，我的四肢、我的头发、我的内脏，都被瓦解成无特征的单子，融入了沙的流动。

流动…………………

流动……………

流动……

它洗掉了所有色彩，洗掉了所有被存在之手强行攥出的形状，也洗掉了时间：月漫过了年，时淹没了日，无数个世纪溺死于一个瞬间。

---

1 "草必枯干，花必凋残"语出《圣经·以赛亚书》。

童年从最初的哭泣中涌出，掀起一道道尖叫、嬉笑和口吃的浪头，汇聚成一个庞然大物，一股玩具和游戏的洪流，吞没了青年的莽撞和中年的审慎，而灰白色的老年，人的灰烬，人的最终形象，是无法消融的，甚至在童年之前便已存在了。那也是先知与圣徒的形象，他们叹息着，呻吟着，从我们身侧流过。亚伯拉罕、以赛亚、以西结、阿摩斯、约拿、流泪的耶利米……彼得、马太、马可、约翰、西门……一匹马的痛苦使敌基督者[1]成为基督。

"虚无是时间的语法，"他说，"一种排除所有语汇的语法，唯有苦难获准在虚无中言说……我们承受苦难，因为我们追求意义，而意义，本就是一种暴行……痛苦是灵魂的主食，对痛苦的需要是人的第一需要……唯有伤痕，让我们在虚无面前保有尊严。"

我看到——用眼睛背后的眼睛：高悬的太阳底下，一个背影，站得笔直，像一座日晷，高举着两条指针般的手臂。在他对面，一部钢铁战车从滚滚烟尘之中探出身子，像一头喷着鼻息的野兽，像一座颤抖

---

[1] "敌基督者"指哲学家尼采。据说在1889年，尼采在都灵的街头看到一名马夫鞭打一匹瘦马，便扑上去抱住那头受难的动物失声痛哭。他本已脆弱不堪的精神就此崩溃。

的方块火山——理性的几何轮廓已经无法抑制野蛮的毁灭力量。我久久地凝望着这个雕塑般的背影,在这个姿势当中,蕴含了一种庄严,甚至神圣的感染力:骨骼成了一具内在于血肉的十字架,紧绷的肌腱则明显在为承受某种无法承受的重量做准备——这副身体毫不掩饰自身的脆弱,并且预见了自身的破碎。

在这组两相悬殊的对峙之中,在这种铁与血的辩证法之中,一个词语呼之欲出:英雄。

直面虚无的人,可称英雄。

英雄只承受,不战斗。

英雄没有敌人。

这个词里包含着历史的全部张力。而历史呢?历史又是什么?

"历史是无名者的流动。"

我在其中翻滚着,被高高抛扬起来,像无法收获的种子,被交付给风——风,即虚无的自我更新。流沙倾泻而下,奔腾着,喧闹着,声音越来越响,仿佛所有无法被说出的语言一齐发出嘶喊。每一粒沙都是一具饱受摧残的身体。我看到一头被束缚的巨象在一阵战栗过后跌倒在地,一缕黑烟从它的背后升起……我看到子弹像一群耀眼的蝗虫,在街头巷尾追赶着惊慌失措的人们，叮咬他们，欢呼着在头颅之上钻探……我看到海滩上，一个玩偶般的、小小的身体、搁浅在温柔的、摇篮般的浪头里……我看到了父亲，看到了过去从未见过的母亲……这些瘦骨嶙峋、衣衫褴褛的人，每一个都只有背影，他们拼尽全力也无法扭转身躯，他们的面孔只能俯伏在尘土里。

我被缠裹在他们之中，被推挤着，颠簸着，不知所终，直到一道光柱再度照临，将我紧紧攥住。对此，我实在是再熟悉不过了。许多个夜晚，当我在墓园中独自巡视的时候，手里的电筒都会射出一道同样的光柱，我会轻轻地、小心翼翼地转动它，感受着手腕上远超实物本身的分量——搅动乳海的分量。我闭上眼睛，让朦胧的光辉注入我的内心，我在光中上升，像星辰，像露珠，悬浮着，等待着……直到一切喧嚣终结于最后的平静。

光的尽头，是一座圆环状的玻璃大厅。当我睁开双眼，她，我曾深爱的女人，就站在距离我几步远的地方，侧着脑袋，脸上挂着讳莫如深的笑容，微微张开的嘴唇在轻声呢喃。

"你听。"

图书在版编目（ＣＩＰ）数据

次要人物 / 黎幺著. -- 上海：上海文艺出版社，2024. -- ISBN 978-7-5321-9071-3

Ⅰ．I247.7

中国国家版本馆CIP数据核字第2024K9N629号

发 行 人：毕　胜
责任编辑：肖海鸥
特约编辑：刘　会　赵　芳
封面设计：郑元柏
内文制作：李俊红

书　　名：次要人物
作　　者：黎　幺
出　　版：上海世纪出版集团　　上海文艺出版社
地　　址：上海市闵行区号景路159弄A座2楼 201101
发　　行：上海文艺出版社发行中心
　　　　　上海市闵行区号景路159弄A座2楼206室 201101 www.ewen.co
印　　刷：苏州市越洋印刷有限公司
开　　本：1092×889　1/32
印　　张：8.5
插　　页：2
字　　数：130,000
印　　次：2024年9月第1版　2024年9月第1次印刷
Ｉ Ｓ Ｂ Ｎ：978-7-5321-9071-3/I.7138
定　　价：58.00元
告 读 者：如发现本书有质量问题请与印刷厂质量科联系　T:0512-68180628